어느 날 갑자기 내 아이가
장애인이 되었습니다

어느 날 갑자기 내 아이가
장애인이 되었습니다

초판 1쇄 인쇄 2024년 5월 20일
초판 1쇄 발행 2024년 6월 01일

지은이 박현경

펴낸이 우세웅
책임편집 한홍
기획편집 김휘연
콘텐츠기획·홍보 김세경
북디자인 권수정

종이 페이퍼프라이스(주)
인쇄 유성드림

펴낸곳 슬로디미디어
신고번호 제25100-2017-000035호
신고연월일 2017년 6월 13일
주소 경기 고양시 덕양구 청초로66, 덕은리버워크 지식산업센터 A동 15층 18호

전화 02)493-7780 **팩스** 0303)3442-7780
전자우편 slody925@gmail.com(원고투고·사업제휴)
홈페이지 slodymedia.modoo.at **블로그** slodymedia.xyz
페이스북·인스타그램 slodymedia

ISBN 979-11-6785-196-3 (03810)

먼 훗날 장애 아이가
혼자 살아갈 세상이
조금 더 나아지길 꿈꾸며

어느 날 갑자기 내 아이가
장애인이 되었습니다

박현경 지음

설렘

추천사

책을 끝까지 읽고 난 후 가장 먼저 든 생각은 한 여성의 '삶을 읽었다'는 것이었습니다. 저자는 언어 지분이 없는 아들을 대신해 글을 쓰기 시작했지만, 그 속엔 '엄마'로서의 반성과 성장이 넘치도록 담겨 있어서 오히려 더 고맙고 반가웠습니다. 장애인 자녀가 성장하듯 장애인의 부모도 성장합니다. 성장하고자 하는 모든 부모에게 이 책을 권합니다.

류승연

상상도 못 한 아이의 장애 앞에 움츠러든 당신께 이 책을 추천합니다. 음악치료사이자 장애 아이 엄마로 살아온 저자는 '불편하지만 불행하지 않은' 장애 이야기를 진솔하고 담담하게 전합니다. 모양도, 색깔도, 향기도 다른 꽃처럼, 존재만으로 아름다운 우리 아이들의 일상을 만납니다. 지친 당신의 손에 이 책을 올려드리고 싶습니다. 현실이 달라지지 않더라도, 이 길을 행복하게 걷는 사람이 있다는 사실만으로 때로는 용기를 얻고 위안을 받기도 하니까요.

4년째 음악치료를 받고 있는 **김동건 엄마**

부모는 자식이란 존재로부터 도피할 수 없습니다. 반대로 어떤 상처를 입었더라도 부모는 자식을 위해서 상처 난 자리로 돌아가려 합니다. 어디를 둘러보나 바다밖에 보이지 않을 때 인간은 외롭고 시간은 더디게 흐르죠. 하지만 저자는 책에 슬픔을 담지 않았습니다. 진전 있는 내일을 희망하는 엄마의 발자국만 선명하게 찍혀 있을 뿐입니다. 읽어갈수록 내 아이에 대한 사랑을 돌아보게 하는 책입니다.

책과강연 대표기획자 **이정훈**

'아이들을 키우면 다 그런거지'라는 엄마의 마음으로 읽었습니다. 우창 씨를 바라보는 엄마의 마음이 우리의 마음과 다르지 않음을 알 수 있었습니다. 자신만의 속도로 성장한 우창 씨를 믿고 지지해주시는 어머님을 응원합니다. '엄마가 행복해야 아이도 행복하다'는 말씀을 우창 씨와 함께한 시간들을 통해 알려주셔서 감사드립니다. 따뜻한 세상을 만들어가는 데 도움이 되고 싶은 모든 분들에게 우창 씨와 어머님의 행복한 세상으로 초대합니다.

서초발달장애인평생교육센터 센터장 **정지윤**

작가님과 우연한 기회에 만남을 갖고 간간이 연락을 주고받았는데 이번 책을 읽고 깜짝 놀랐습니다. 전혀 몰랐던 이야기, 그러니까 우리 아이와 비슷한 장애원인과 증상, 살아가는 모습이 너무도 닮아 있어서 눈을 떼지 못하고 단숨에 읽었습니다. 내 아이는 장애인이 되었지만 하루하루 살아가는 게 바빠서 앞만 보고 달려왔던 나에게 이 글은 동병상련과 위안, 잔잔한 웃음, 살아갈 희망을 주었습니다. 작가님의 글은 장애인이 된 내 아이와 함께할 미래의 삶의 나침반 같은 지침이 되었고, 또한 지회장으로서 요구하고 쟁취해야 할 꼭 필요한 정책이 무엇인지도 깨닫는 계기가 되었습니다. 장애인을 자녀로 둔 부모님들이 이 책을 읽어본다면 내 아이를 대하는 자세가 달라질 것이고 나 또한 행복할 수 있는 마음을 가지게 될 것입니다. 작가님께 고마움을 전합니다.

전국장애인부모연대 서초지회장 **김경아**

프롤로그

어느 날 갑자기 내 아이가 장애인이 되었다.

마른하늘에 날벼락이었다. 느닷없이 수갑이 채워지고 사형장으로 끌려가는 기분이었다. 대체 왜, 하필 나에게! 누명이라도 뒤집어쓴 사람처럼 바닥에 드러눕거나 따지고 싶었지만, 그럴 대상이 없었다. 이해하기보다는 받아들여야만 했던 시간의 연속이었다.

그로부터 30년 동안 장애 아들을 키우며 살고 있다. 이 글은 나와 아이의 30년에 걸친 굴곡진 역사다. 자기 얘기를 할 수 없는, 언어 지분이 없는 아이를 대신해서 엄마인 내가 보고 듣고 느낀 걸 썼다.

동의를 얻어야만 할 것 같아서 글로 써도 되는지 아이에게 물었더니, 단박에 "싫어"라고 해서 뜨끔했다. 흉볼 것 같았나 보다. 좋은 얘기 많이 쓸 거라고 하니, "좋아"라며 바로 허락이 떨어졌다.

오래전 일이라 세세히 기억나지 않아서 옛날 일기장을 보고 아이 사진도 들여다보며 글을 썼다. 한때는 과거를 떠올리면 아문 상처에 다시 생채기를 내는 듯 마음이 쓰라렸는데, 이제는 글을 쓰면서도 울지 않는다. 전보다 단단해졌나 보다.

장애 아이가 성인 장애인이 되어가는 과정에서 생긴 여러 가지 일과 느낀 점을 담담하게 쓰기도 하고, 사회적 장애에 대한 불편감을 무겁게 쓰기도 했다. 장애가 불편한 건 사실이지만 불행한 건 아니라는 걸 말하고 싶어서 이 글을 썼다.

'장애'라는 단어는 한계와 방해라는 뜻을 포함한다. 그런 만큼 과거의 어두운 서사와 현재의 고충도 담았지만, 심각하지만은 않다. 그저 사는 모습을 고스란히 담았을 뿐, 아이와의 소소한 일상을 엿보라며 방문을 열어놓았다고 가볍게 생각해주길 바란다.

장애에 대한 인식이 거대한 쓰나미처럼 뒤집혀서 사회가 바뀌고 제도가 바뀌기를 기대하지는 않는다. "장애인도 다를 게 없네?", "아이들 키우다 보면 다 그렇지"라는 엄마의 마음으로 읽어주면 좋겠다. 봄볕 같은 따뜻함이 느껴지고 고요한 수면에 은빛 물고기 한 마리 지나가듯 마음이 살랑인다면, 그걸로 만족한다.

20여 년간 음악치료사로 일하면서 많은 엄마를 만났다. 이 세상의 어떤 엄마가 제 아이를 사랑하지 않겠는가! 다만 엄마의 사랑 표현이 아이에게 전달되지 않거나 성향이 다른 아이를 이해하지 못하는 부모를 보면 속상하다. 아이들은 자신만의 속도로 자란다. 더디지만 내 아이도 자신만의 속도로 성장했으니 앞으로도 내가 믿는 만큼 성장하리라 믿는다. 아이에 대한 신뢰와 사랑이 까만 밤하늘의 별처럼 또렷해지길 바라는 마음이다.

"엄마가 행복해야 아이도 행복하다." 아이 키우기 진짜 힘들다는 이 세상의 모든 엄마에게 전하고 싶은 말이다. 장애 아이와 살면서 늘 행복할 수는 없지만, 매일 행복한 순간은 있다. 행복은 느끼는 자의 몫이다. 삶에는 햇볕이 들기도 하고, 그늘이 지기도 한다. 한 줌의 흙에서 핀 장미도 수고와 인내의 시간이 있었으리라. 행복에 초점을 맞추니 무탈한 하루마다 다행이고 감사한 순간이 공기처럼 넘친다. 일상에서 소소한 기쁨을 느끼는 아이와 나는 지금 충분히 행복하다.

박 현경

차례

Chapter 2 일상을 되돌리는 엄마

첫아이의 엄마가 되고 나니

세상은 온통 화사한 봄빛이었다

Chapter 1

이제는 과거가 되어버린 그날의 기억

그 세월을 어찌 살았는지

코로나 때의 일이다. 아이가 TV를 보면서 큰 소리로 노래를 따라 부르는데 딱 한 구절이 귀에 꽂힌다. "그 세월을 어찌 사셨소."

〈보릿고개〉 노래 가사처럼 초근목피로 연명한 것도, 주린 배를 부여잡고 물 한 바가지 들이키며 산 것도 아니지만, 눈물을 먹고살며 한숨으로 숨을 쉬던 시절이 있었다. 오래전 기억이라지만 어제 일처럼 생생하다. 눈물과 한숨이 덕지덕지 어깨에 내려앉아 숨쉬기조차 힘들었던 세월, 그 세월을 정말 어찌 살았는지.

나는 '처음'이라는 단어를 좋아한다. 첫 출근, 첫 만남, 첫사랑, 첫눈. 감격스럽고 근사하다. 첫아이는 오죽할까? 내 몸 안을 훑고 나와 품 안에 안긴 아기. 오물오물하는 입술이나 겨우 뜬 눈은 어찌나 감격스러운지, 평생 잊지 못한다.

나는 엄마의 '첫아이'였고, 12살에 엄마를 잃었다. 오랜 질병 끝에 엄마가 떠날 때, 어린 딸을 두고 떠나는 엄마 마음이 어떠했을지는 생각도 못 했다. 앞으로 어떻게 살아야 할지 내가 불쌍했을 뿐이다. 안전장치가 빠진 구조물처럼 쉽게 흔들리고 삐걱거리던 청소년기를 보냈다. 부모는 선택할 수 없지만 결혼은 선택이라고 생각하던 때에 사랑하는 사람을 만나 행복한 미래를 꿈꾸었다.

결혼과 임신을 철저히 계획해서 선물처럼 첫아이가 찾아왔을 때, 암울했던 과거는 지울 수 있겠다고 생각했다. 첫아이의 임신을 확인하고는 제일 먼저 시장에 달려가 머리에 좋다는 검정콩과 호두를 샀다. 예쁜 아가들 사진이 있는 달력도 걸어두었다. 복숭아처럼 탐스러운 볼, 구슬 같은 눈동자, 만지면 지문이라도 묻을 듯한 피부의 아가들을 보고 또 보며 사랑스러운 아이를 낳게 해달라고 기도했다.

드디어 첫아이의 엄마가 되고 나니 세상은 온통 화사한 봄빛이었다. "까꿍" 하면 목젖이 보이도록 까르르 터지는 아이 웃음은 직장 생활로 인한 고단함, 서러움을 말끔히 씻어낼 만큼 청량했다.

'좋은 엄마가 되어 똑똑하고 멋진 아이로 키우리라.' 결혼 전부터 조기교육, 영재교육에 관심이 많았다. 항상 클래식 음악이 흘렀고, 문과 벽에 학습 도구를 가득 붙였다. 매일 일어나자마자 숙제라도 하듯 아이에게 책을 읽어주었다. 첫아이의 초롱초롱한 눈빛과 환한 표정에 엄마는 매일매일 설레고 행복했다. 아이를 안고 나들이라도 하면 잘생긴 아이를 세상에 자랑하고 싶은 마음이 굴뚝같았다. 생후 4개월까지 잘 웃고 옹알이를 하던 아이는 29년 내 삶에서 가장 큰 기쁨이고 감동이었다. 아이와 많은 시간을 보내기 위해 결단을 내렸다. 전세 대출금을 조금 천천히 갚기로 하고, 7년 넘게 일한 대학병원 간호사를 그만둔 것이다.

그렇게 찬란했던 봄은 오래가지 않았다. 예방접종 다음 날, 우유 먹을 시간이 지났는데도 아이의 울음소리가 없었다. 방에 들어가 안아보니, 아이가 물에 담가둔 솜처럼 축 늘어졌다. 떨리는 손으로 아이의 몸을 세우고 쳐다보니, 눈동자는 안으로 모여 있고 얼굴은 창백하다 못해 푸른 기가 돌았다.

"어머, 얘가 왜 이래."

몇 번 등을 두드리다가 이웃 아줌마를 부르며 맨발로 뛰어 내려갔다. 나이 많은 동네 어른이 손가락 크기의 바늘을 가져와 손끝, 발끝, 인중 등 여기저기를 찔렀다. 별 반응이 없었다. 옆에서 마른 침만 삼키며 발을 동동 구르다가 얼른 아이를 빼앗아 골목길을 나왔다. 택시도 다니지 않는 산꼭대기 가장 윗동네라 아래로 뛰었다. 연체동물처럼 변해버린 아이를 안고 무작정 내달렸다. 뒤따르던 이웃의 도움을 받아 택시를 잡고 차 안에서 심폐소생술을 했다.

돌처럼 차가워진 아이를 의사에게 내보였더니, 의사는 고개부터 가로저었다. 짧은 침묵의 시간이 흐르고 단단하게 잠겼던 입술이 한숨과 함께 무겁게 열렸다. 동공이 풀렸고 호흡이 멈추었으니 기대하지 말라고 했다. 응급조치 후 구급차를 타고 불과 내가 일주일 전까지 근무했던 대학병원으로 향했고, 중환자실에 아이를 눕혔다. 가녀린 혈관에 주삿바늘이 수없이 꽂히는 걸 보자, 내 심장을 시퍼런 칼이 난도질하는 것 같았다. 각종 기계에 휘감긴, 발가벗겨진 내 아이가 낯설었다. 중환자실 간호사였기에 24시간 환한 형광등 불빛과 기계음, 알람 소리는 익숙한데, 그곳에 아이가 환자로 있고 내가 보호자로 있다는 현실을 받아들일 수 없었다.

꿈이길. 제발 악몽이길. 악몽에서 깨어나려고 수도 없이 입술을 깨물었다. 가망이 없으니 마음 단단히 먹으라는 말을 수도 없이 들었다. 아이의 냄새가 가득 배어 있는 집으로 아이 없이 돌아가는 것은 상상할 수도 없는 일이었다.

'제발 눈만 떠줘.' 간절히 기도하며 한숨과 뜨거운 눈물이 아이의 눈꺼풀 위로 떨어졌다. 며칠 후, 마법처럼 아이가 눈을 떴다. 그러나 이전과는 다른 아이가 되어 있었다. 책을 읽어주면 알아듣는 듯 반응하던 맑고 총명한 까만 눈동자, 엄마가 '까꿍' 하고 얼러주면 목젖이 보이도록 깔깔대던 모습이 사라졌다. 초점 없이 한곳을 응시하는 눈은 엄마를 알아보지 못했고, 팔다리를 움직이거나 목을 가누지 못했다.

어른도 병을 앓고 나면 기력이 없어서 일어나지 못하는데, 어린 것이 큰일을 겪었으니 회복이 덜 되어 그렇다며, 시간이 지나면 좋아질 거라고들 했다. 하지만 지나친 낙관이었다. 초점 없는 눈, 가누지 못하는 목. 설마 하며 검사했더니, 아이는 저산소증으로 중증의 뇌 손상을 입었고 시력마저 전혀 없는 상태였다. 아무리 의학이 발달해도 뇌와 신경조직은 재생이 어렵다. 중환자실 간호사였던 만큼 그 사실을 너무도 잘 알기에 끊어진 길 위에 서 있는 심정이었다.

사람의 마음이란 게 간사했다. '제발 살아만 줘. 평생 내 옆에만 있어줘'라며 아이가 의식이 없을 때는 깨어나서 숨만 쉬어도 감사하다고 생각했다. 그런데 다른 아이가 되어버린 아이를 보며 어떻게 살아가야 하나 싶어 눈앞이 캄캄했다. 잊혔다고 생각한 과거가 내 안에서 살아나 꿈틀거렸다. 엄마와의 이별, 평탄치 않은 가정사, 거기에 불구인 아들까지. 집채만 한 바위가 나를 향해 굴러오는데, 나의 불행에만 신이 침묵하는 것 같아 원망스러웠다.

나무토막 같은 아이를 데려와 보낸 그해 여름은 내게는 가장 덥고 힘든 시기였다. 몸을 움직이지 못하는 아이와 나는 강력 접착제로 붙인 것처럼 한 몸으로 살았다. 밤낮없이 숨이 넘어가도록 울어대는 아이를 안고 응급실로 향한 날이 숱하게 많았다. 작열하는 태양이 사정없이 지면을 내리쬐던 날, 프라이팬처럼 달궈진 아스팔트 위를 뛰어 병원에 도착하면 한쪽 슬리퍼는 어디론가 도망갔고 온몸은 땀범벅이었다.

새벽녘에 갑자기 깨어난 아이가 고개를 뒤로 젖히며 숨도 안 쉬고 울 때는 '어린 것이 얼마나 고통스러우면 이럴까?' 싶으면서도, 이웃의 눈치가 보여 남편과 함께 애를 안고 나가서 날이 샐 때까지 돌아다녀야 했다.

우는 귀신이 씌었다며 시어머니는 점도 보고 굿도 하셨다. 나 또한 교회도 나가보고 포교원에 헌금을 내기도 했다. 그동안 이성적 회로를 따르던 판단력은 갈팡질팡 길을 잃었다.

확실한 방법만 알면 어떠한 어려움이라도 감당하겠는데, 어떤 게 옳은 일이고 최선인지 알 수 없어서 항상 길 잃은 아이처럼 초조했다. 경련을 계속하는 아이에게 병원에서는 주사를 맞히라고 했고, 한의원에서는 한약과 침을 맞으라고 했다. 어른도 먹기 힘든 쓰디쓴 약을 먹이는 것 또한 형벌 같았다. 억지로 입을 벌려서 한약을 먹이면 아이는 왝왝거리며 뱉어냈다. 난 그런 아이가 야속해서 엉덩이를 몇 대 때리다가도, 불쌍해져서 아이를 끌어안고는 울었다.

인간에게 가장 고통스러운 비극은 설명되지 않은 비극이라던데, 억울했다. 내가 무얼 잘못했다고 신은 이리도 나에게 가혹한지. 악마에게라도 영혼을 팔고 싶었다. 보란 듯이 삐뚤어지고 싶기도 했다. 아이와의 첫 나들이에서 만난 화사한 빛깔의 세상은 어느새 무채색으로 변했다. 하늘은 저주라도 퍼붓듯 늘 무겁게 내려앉았고, 빛바랜 꽃은 말라 부스러져 소멸할 듯했다.

나만 빼고 모두 즐거워 보여 부아가 치밀었다. 이웃의 인사나 염려가 호의로 받아들여지지 않고 고통스러웠다. 좀 지나면 나아질 거라고 하면 '남의 일이라고 참 쉽게 말한다' 싶었고, 얼른 둘째를 가지라고 말하는 사람은 야속해서 두 번 다시 얼굴을 보고 싶지 않았다. 죄다 고통의 건너편에서 팔짱 끼고 말하는 듯했다. 친했던 친구와 이웃도 내 앞에서는 자식 자랑을 꺼내지 못했다.

좋다는 건 다 하는데도 진전이 없는 아이 때문에 우리 부부는 서서히 말이 줄어들었다. 밥 한번 제대로 먹지 못하고 다리 뻗고 잠 한번 편하게 자본 적 없던 때, 잦은 경기와 가누지 못하는 몸으로 인해 아이는 항상 내 품에 있었다. 그래서 남편은 일 마치기가 무섭게 저녁 찬거리를 사 들고 와 저녁 준비를 했고, 종일 애를 돌보느라 녹초가 된 아내를 대신하여 아이가 잘 때까지 돌봐주었다.

남편의 얼굴이 유난히도 지치고 어두워 보이는 날이면 '아이와 내가 없어지면 남편이 좀 편하려나?' 하는 위험한 생각을 떠올리기도 했다. 비가 올 때면 나도 펑펑 울었다. 퍼붓는 장마철 폭우 속에 목이 터져라 울었고, 수직으로 낙하하는 빗줄기처럼 꼿꼿하게 살고 싶다고 소리를 질러댔다.

'다른 친구들은 건강한 아이 키우며 평탄하게 살아가는데, 아무런 자랑도 못 되고 짐만 되는 아이로 인해 이렇게 갇혀 지내는구나.'

순간순간 피해의식이 송곳처럼 올라오면 아이가 밉기도 했다. 처량한 현실은 끝이 보이지 않는 안갯길을 걷는 기분이었다.

그러다가도 뇌병변이라는 멍에는 아이가 선택한 것도 아니고 아이의 잘못도 아니었으니, 모두 내 잘못이라는 죄책감에 사로잡히는 날이 더 많았다. 아이에 대한 불안으로 구김 없이 웃기가 힘들었고, 24시간 내 품에서 벗어날 수 없는 아이가 버거웠다. 보통 아이라면 잠깐 옆집에 맡기고 가까운 시장이라도 다녀오련만.

미용실, 목욕탕은 고사하고 화장실도 마음 편히 들어가지 못했던 시절, 끝이 보이지 않는 터널 같았던 시간을 하루하루 통과하다 보니 어느새 30년이 흘렀고, 눈송이처럼 사연이 소복소복 쌓였다. 밤낮없이 고개를 뒤로 젖히고 울던 아이는 이제 넘어져서 피가 나도 절대 울지 않는다. 젖병 꼭지를 빨지 못해서 조금씩 입에 짜주어야 했던 아이가 밥 먹으라는 소리에 TV를 끄고 벌떡 일어나 식탁에 와 앉는다. 스스로 옷을 입을 수 없고, 씻지도 못하며, 살을 뚫고 나온 수염은 매일 면도를 해주어도 여전히 빽빽하고 새까맣다. 내 눈에는 아직도 아이 같은, 30세 성인 아들의 얼굴을 매만지며 진심을 담아 말해본다.

"이만큼 자라주어 참 고맙다."

어느 날 갑자기 아이가 장애인이 되었을 때

멀쩡했던 아이가 갑자기 병원 중환자실에 누워 있게 되자 열차를 타고 단숨에 올라오신 시어머니. 발가벗겨져서 각종 호스에 둘러싸인 아이를 보고는 "저 고추가 아까워서 우짤꼬"라고 목이 메어 겨우 한마디 하셨다.

우리 집으로 오신 시어머니는 집 안을 매의 눈으로 둘러보셨다. 결혼 축하 선물로 병원 직원들이 선물해준 하트 모양의 식탁보와 의자 커버를 보시더니, 빨간색 때문에 부정을 타서 아이가 병이 난 것 같다며 당장 치우라 하셨다. 또 밖에서 들고 온 물건이 없는지, 식탁은 언제 들여왔는지 세세히 물으셨다.

멀쩡하던 아이가 병신이 되었다며 굿도 하셨고, 아이를 데리고 지방에 있는 무속인을 찾아가 점도 쳤다. 일고여덟 살밖에 안 되어 보이는 색동 한복 차림의 어린아이에게 우리 아이가 어떻게 해야 나을 수 있는지 물어보기도 했다. 농사철이 지나 올라오시면 시어머니는 서늘한 날에도 새벽에 일어나 찬물로 정성껏 몸을 씻고 방생하러 가셨고, 시골에 내려가서도 허구한 날 정화수를 떠놓고 아이가 낫기를 손 모아 비셨다.

한편 하반신 마비로 도움받아야만 생활하실 수 있는 친정아버지는 가망 없는 아이만 붙잡고 있는 딸의 앞날이 안쓰러웠는지, 아이를 종교재단에 맡기라고 하셨다. 자식을 어떻게 버릴 수가 있냐며 나는 아버지한테 대들었다. 아이 한번 안아주지 않으면서 아이를 시설에 보내라는 아버지가 원망스러웠다.

몸과 마음이 지치고 억울해서 악마에게 영혼이라도 팔고 싶었다. 경기가 잦은 아이를 보살피느라 집 정리는 고사하고 세수도 귀찮아하며 살던 여름날, 물 한잔 얻어 마시겠다며 낯선 여자 두 명이 우리 집에 불쑥 들어왔다.

입 벌리고 누워 있는 아이, 웃음기 없는 젊은 엄마의 몰골을 쓱 훑더니, 대뜸 하는 말이 이곳에 귀신이 보인단다. 머리 땋은 총각 귀신이 보인다며 친척 중에 일찍 죽은 남자가 있는지 잘 생각해보란다. 여러 번 생각할 것도 없이 외삼촌뻘인 남자 둘이 총각으로 죽었다는 사실이 떠올랐다. 2남 1녀를 둔 외할머니는 격동의 세월을 겪었다. 외할머니의 작은아들은 15세에 인민군으로 나가서 전사했고, 큰아들은 아버지를 찾아 삼팔선 넘다가 발각되어 그 자리에서 삽으로 맞아 죽어 제대로 묻히지도 못했다고 들은 적이 있다.

얼굴도 보지 못한 외삼촌들의 비극을 들은 적이 있다고 하니, 포교원에 가서 구천을 떠도는 영혼에게 제를 지내야 아이가 좋아진다고 했다. 아픈 아이를 데리고 먼 곳까지 갈 수 없다고 하니 대신 기도를 해주겠다며 포교 헌금을 요구했고, 나는 곧바로 3만 원을 봉투에 넣어 건넸다.

해방 전후의 어지러운 시기와 한국전쟁을 거치면서 친척 중에 이런저런 이유로 세상을 일찍 떠나간 이가 어찌 하나도 없을 수 있었겠는가! 그 당시 나는 심약해서 귀가 얇았다.

한번은 어느 교회에서 앉은뱅이가 일어나고 소경이 눈을 뜨는 기적이 일어나고 있다며, 아픈 아이를 둔 엄마가 우리 집에 찾아왔다. 예배에 참석하면 아이가 나을 거라고 해서 경기할 수도 있는 아이를 업고 교회에 갔다. 듣도 보도 못한 희한한 예배 과정이 왠지 사이비 같아서 얼른 집으로 돌아왔다.

지금 생각하면 죄다 한심한 일뿐이지만, 그때는 깊은 우물에 빠진 듯해 뭔가 지푸라기라도 잡고 싶은 심정이었나 보다. 장애가 저주라고 생각했다. 신에게 매달리면 저주에서 벗어나리라 기대했다. 아이의 장애를 받아들이지 못해 발버둥 치던 시간이 아득한 옛일이 되고 나니 깨닫는다. 시어머니도, 친정아버지도, 엄마인 나의 행위도 그때는 최선이었음을. 그리고 장애는 저주가 아니고 해석을 달리해야 하는 일이라는 걸.

장애 아이 키우기

계절이 바뀌고 해가 두 번 바뀌며 아이는 더디게 성장했다. 몸이 커진 만큼 신체 기능이 따라가지는 못했지만, 전혀 보이지 않던 눈으로 큰 물체를 인식하기 시작했다. 친구가 소개해준 외국 뇌과학자의 책을 꼼꼼히 읽고, 시신경 향상을 위해 손전등을 동공에 비추고 움직이는 빨간 공을 바라보게끔 훈련을 했다. 엄마의 노력으로 아이는 조금씩 나아졌다.

두 돌이 지나고 얼마 후부터 장애 아이를 위한 조기 교실*에 아이를 업고 다녔다. 산꼭대기 언덕 위 집에서 살았기에 마을버스를 타고 내려와 지하철로 갈아타야 했다. 사람들은 이상하다는 표정으

* 조기 교실: 인지, 언어, 신변 처리, 상호작용 등의 어려움을 가진 아동들이 원활하게 발달하도록 돕는 교육 시설

로 내게 묻곤 했다. 왜 다 큰 아이를 힘들게 업고 다니냐고.

낯선 이의 지나가는 물음에 장애가 있다고 답을 할 수도 없고, 가슴이 먹먹했다. 사람들은 쓸데없이 타인에게 과한 호기심을 보인다. 불쌍한 사람으로 보이고 싶지 않은데 장애가 있는 아이라고 말하는 순간 눈빛이 변할 것 같았다. 헝클어진 머리카락과 낡은 면 셔츠 차림으로 아이를 업은 내게 돈이라도 쥐여줄까 겁이 났다.

조기 교실에 다니는 동안 둘째 아이를 임신했다. 둘째 아이는 입덧할 겨를도 없었다. 막달까지 큰아이를 포대기에 업고 장애아 조기 교실에 다녔다. 막달에는 포대기 끈을 묶을 수 없을 정도로 배가 많이 불렀다. 그래도 큰아이 교육을 쉴 수 없었다. 그래서 둘째 아이를 낳자마자 서둘러 조기 교실 근처로 이사했다.

한동안 갓난아이를 품에 안고 큰아이를 유모차에 태워서 다녔다. 둘째 아이가 유모차를 탄 후로는 작은 유모차에 앞뒤로 아이를 태워 슈퍼우먼처럼 쌩쌩 달렸다. 작은 유모차에 아이 둘이 앉은 걸 보고 남들은 또 물었다. 얼굴이 다른데 쌍둥이냐고. 사람들은 정말 그냥 지나치는 법이 없다. 무슨 사정이 있겠거니 하는 사람이 없었다.

장애아 조기 교실에서 아이가 하루 세 시간씩 운동 요법과 치료 수업을 받는 동안, 장애와 관련된 교육 책자나 신문 자료를 눈에 띄는 대로 읽었다. 그 과정에서 의학적인 치료에는 한계가 있어도 엄마의 사랑에는 한계가 없음을 나 스스로 확인했다. 교육용 책자는 유아기에 뇌가 결정된다는 내용을 담고 있었다. 장애 아이도 조기에 서둘러야지, 나중에 뇌가 결정된 상태에서 교육이나 치료는 어렵겠다는 생각이 들었다.

5~6세 때에는 아이를 걷고 말하게 하려고 교육실과 치료실을 부지런히 쫓아다녔다. 돈과 시간을 들여서 애쓴 만큼 아이가 좋아질 거라는 장밋빛 환상을 가졌을 때였다. '영재교육'이니 '천재교육'이니 하는 교육 프로그램이나 책자는 넘치는데, 장애아를 위한 교육기관은 너무 적은 데다 이용하기에 어려움이 컸다.

오래전 일이다. 조기 두뇌 계발에 대한 모 저자의 강연이 있어서 아이를 업고 찾아간 날, 마음이 씁쓸했다. 강연을 듣고 나니 우뇌 계발 방법이 궁금했다. 우리 아이처럼 뇌 장애아도 프로그램에 참여할 수 있는지 알고 싶어서 긴 질문 대열에 아이를 업은 채 줄을 섰다. 그런데 마감 시간이 임박했는지 갑자기 사람들이 순서도 없이 마구 제 얘기를 쏟아내기 시작했다. 두 살짜리 아이가 글을 알고 숫자를 아는데 영재 검사를 해봐야 하냐는 둥 영재 교육에 대한 질문이 폭포처럼 쏟아졌다.

뒷줄에 섰던 나는 그 질문에 고스란히 압사당하는 기분이었다. 자식 걱정으로 시퍼렇게 멍이 든 나는 그들의 자식 자랑 같은 질문에 땀만 흘리고 그냥 뒤돌아 나왔다. 내 뒤에는 자폐아를 둔 아버지가 서 있었는데 그이도 얼마나 속상했을까 싶다. 이 세상의 부모라면 누구나 아이의 사소한 행동도 크고 대견하게 느끼지만, 그와 비교되는 나로선 큰 아픔이었다.

나도 한때는 주변의 불편한 시선으로 뇌병변인 아이가 창피한 적도 있었다. 하지만 아이의 잘못도, 엄마의 잘못도 아니었다. 그리고 내가 감당해야 할 일이었다. 현실을 받아들이고 주위의 믿을 만한 사람에게 솔직히 털어놓자, 유익한 정보도, 구체적인 도움도 받을 수 있었다.

건강은 누구도 자신할 수 없으며, 장애는 부끄러운 일이 아니다. 오늘의 장애인이 당장 내일 비장애인이 되기는 어렵지만, 지금의 비장애인이 사고나 질병으로 몇 시간 후에 후천적 장애인이 될 수는 있다. 그저 남의 일로만 생각했던 장애인의 교육, 취업, 복지가 내 문제가 되었다. 장애인은 무능력자로만 알고 있었는데, 가까이에서 지켜보니 일부 장애인은 관심 부분에 몰두하는 능력이 있었다. 장애인이라고 기죽지 말고 능력을 죽이지 않고 당당하게 살 수 있는 사회를 만드는 건 부모의 애정만으로는 부족했다. "부모는 아이를 낳고, 아이는 부모를 낳는다"라는 말처럼, 아이로 인해 나 또한 세상을 보는 눈이 달라졌고 소외 계층에 관심을 두기 시작했다.

장애를 이해하고 공동체가 의식을 가질 수 있도록 정부와 해당 기관에서 좀 더 적극적으로 정책 사업을 펼쳐야 한다. 30여 년 전보다 교육, 복지 정책은 일부분 나아졌으나, 장애아 부모들은 아직도 아이에게 맞는 교육기관과 치료기관을 찾으려고 애쓴다. 일반 학교를 다녀야 할지, 특수학교로 전학 가야 할지 고민하느라 새 학년, 새 학기마다 엄마들은 몸살이 난다. 장애인 치료 교육기관이 많아졌다지만, 초등학교 때 신청한 프로그램에 대기자가 많아 6~7년을 기다려야 가는 경우도 허다하다. 꼭 필요한 시기에 교육과 치료를 받고 싶은데 엄마의 정보와 판단으로 인해 적절한 시기를 놓치는 건 아닌지, 장애 아이를 둔 엄마들은 여전히 불편하고 불안한 마음이다.

먼지 앉은 신발

우리 집 신발장 위에는 귀엽고 앙증맞은 아이의 신발이 항상 제자리에 얌전히 놓여 있었다. 신발의 주인은 한 번도 흙바닥을 디뎌보지 못했기에 신발은 언제나 새것이고, 이따금 날씨가 매서운 날에 보온용으로 쓰일 뿐이었다.

보통 생후 24개월쯤 된 남자아이들은 좀처럼 집에 있으려 하지 않는다. 천방지축으로 밖에서 뛰고 장난하며 저지레를 많이 해서 엄마는 잠시도 한눈을 팔 수 없다. 24개월의 우리 아이는 놀아주지 않으면 침 흘리며 종일 온 방을 이리저리 뒹굴기만 했다. 배가 고파도 울지 않는 순한 아이였다.

생후 4개월까지는 크고 똘망똘망한 눈망울로 엄마의 까꿍 소리에 목젖이 보이도록 까르르 웃던 아이였다. 예방접종 다음 날부터 나와 아이에게는 지독히 외롭고도 처절한 삶이 펼쳐졌다. 예방접종의 부작용이라고 따졌지만 내 얘기를 들어주는 사람이 없었다. 억울하면 재판을 해야 하는데, 엄마는 아이를 간호해야 했고 아빠는 직장에 나가 돈을 벌어야 했다. 더구나 예방접종 부작용이라는 인과관계를 명확히 밝힐 수 없기에 재판을 해도 절대 이길 수 없다고, 이전에 근무했던 병원의 의사가 안타까워하면서 현실을 말해주었다. 억울함을 뒤로하고 아이를 조금이라도 낫게 하려고 최선을 다했다. 경기를 멈추기 위해 내 손으로 주사를 놓았고, 용하다는 한의원에서 침도 맞고, 어른들도 먹기 힘든 쓴 한약도 부지런히 먹였다.

엄마의 노력에 비해 더디기는 했지만, 아이는 제 나름의 속도로 조금씩 좋아졌다. 초점을 맞추지 못하고 시력이 전혀 없던 아이가 엄마를 쳐다보기 시작했고, 눈앞에서 공을 움직이면 눈동자가 따라갔다. 내 아이는 책에 나온 성장 발달과 상관없이 자신만의 속도로 자랐다. 기어다니기를 많이 하면 중뇌가 좋아진다고 해서 엄마는 엎드린 채 무릎을 바닥에 대고 열심히 시범을 보였지만, 아이는 단 한 번도 따라 하지 않았다. 누워서 뒹굴뒹굴하던 아이는 18개월이 지나 혼자 앉아 있을 수 있었다. 그러자 걷기를 꿈꾸었다.

한낮의 뜨거움이 주춤해지는 계절이 되면 추석이 코앞으로 다가왔다. 시댁이 멀어서 자주 찾아뵙지 못하고 명절에만 내려가는데, 지난번 명절에도 시어머니는 기차역까지 아이를 업어다 주시며 말씀하셨다.

"우창아, 다음에는 꼭 걸어오그래이."

그해와 이듬해 추석에도 업고 내려갔지만, 머지않아 신발 위에 뽀얗게 내려앉은 먼지를 탁탁 털어 신발을 신고는 타박타박 할머니에게 걸어갈 거라고 굳게 믿었다.

엄마의 소박한 소원을 알 리가 없는 아이는 방긋방긋 웃고만 있었고, 아이를 운동시키는 엄마의 손아귀에는 힘이 들어가서 손등의 힘줄만 우락부락했다.

미숙한 엄마였지

네 살이 된 큰아이는 여전히 걷지 못했다. 그 대신 34개월 터울의 남동생이 막 기어다닐 무렵이었다. 에어컨이 없었고, 한여름의 더위를 식혀줄 수 있는 건 선풍기 한 대가 전부였다. 큰아이는 뱅글뱅글 도는 선풍기를 신기해하며 자주 만졌다. 돌아가는 선풍기에 손이라도 넣으면 큰일이라 그물망을 씌워놓았다. 안전에 문제가 없으리라 생각했는데, 큰아이가 돌아가는 선풍기를 밀어서 날개가 깨졌다.

사고 친 큰아이의 엉덩이를 한 대 때리고는 부러진 선풍기 날개를 붙이려고 본드 총을 가져왔다. 나중에 아이들을 재워놓고 해도 될 일인데, 성질이 급한 나는 본드 총을 예열하다가 잠깐 한눈을 팔았다. 물불 안 가리고 아무거나 만지며 기어다니던 둘째 아이가 본드 총에 팔을 데고 말았다. 자지러지게 우는 둘째의 울음과 벌건 화상 자국에 화가 머리끝까지 났다.

분명 내가 잘못한 일인데 순간 화가 폭발했다. "다 너 때문이야"라며 큰아이 엉덩이를 서너 대 더 때렸다. 서럽게 우는 큰아이를 내버려두고 둘째 아이의 데인 팔에 화상 연고를 꼼꼼히 발라주었다. 잠시 후 큰아이에게 가보니 두 뺨에 눈물 자국이 선명한 채로 잠들어 있었다. 둘째 아이의 화상은 곧 아물어 흔적도 없이 사라질 테고 선풍기의 부러진 날개도 고치면 그만일 텐데, 큰아이가 마음에 상처를 입었을까 걱정이 되었다. 별것 아닌 일로 아이를 구박한 못된 엄마라 미안했다.

큰아이의 성장 발달이 늦다 보니, 아이 둘을 키우는 일은 녹록지 않았다. 남편은 매일 야근을 했고 주말에도 외근이 많아서 아이 둘은 늘 내 몫이었다. 모처럼 화창한 날씨에 집 안에만 있기가 아까웠다. 봄꽃도 보고 봄내음도 맡아보려 두 살 터울의 아이들의 손을 잡고 나가면 나간 지 5분도 안 되어 후회했다. 막 걷기 시작한 큰아이는 맞은편에서 차가 오는데 엄마 손을 뿌리치고 뛰쳐나갔다. 큰아이를 붙들어 데리고 오면 이번에는 작은아이가 용수철처럼 튕겨 나가는 아찔한 상황에 정신이 하나도 없었다. 아이들에게 고함을 치고, 등짝에 스매싱을 날리고, 유모차를 가져오지 않은 걸 후회하며 집으로 돌아오는 길. 동네 사람들 눈에 나는 아이들을 마구 때리고 악다구니나 쓰는 몰상식한 여편네로 보였을 거다.

남편은 얼굴도 보기 힘들었고, 큰아이나 작은아이는 천방지축이라 시한폭탄 같던 시절이었지만, 시간만 나면 아이들을 데리고 나갔다. 운전 면허도 없고 차도 없던 시절이라 아이들이 잘 걷지 못할 때는 유모차에 두 아이를 태워 쌩쌩 날아다녔다. 큰아이가 걷기 시작하면서부터 아이들의 손을 잡고 학교 운동장도 가고 가까운 뒷산도 올랐다. 꾸준히 걸으면서 큰애는 잔병치레가 줄었다. 바깥 활동을 많이 한 덕에 둘째 아이는 공부보다는 운동을 잘했고, 밖에서 노는 걸 즐기는 아이가 되었다.

긴 호흡으로 믿어주고 기다리면 됐는데, 잘하려는 마음과 조바심으로 미숙하던 때였다. 아이를 키우면서 엄마에게 여유가 필요하다는 건 오랜 시간이 지난 후에야 깨달았다. 시간은 흐르고 아이들은 자란다는 걸 믿는 마음이 있었다면 그리 초조하고 고단하지는 않았을 것을.

다시 찾은 아이

"우창아, 우창아……."

아이를 부르는 내 목소리는 가늘게 떨렸다. 예전에 아이를 잃어버렸던 사람이 아이를 찾으러 다닐 때 꼭 땅이 아닌 스펀지를 딛는 것 같다고 했다. 정말 그랬다. 분명 내 다리는 움직이는데, 푹신한 스펀지를 밟듯 걸을 때마다 온몸이 땅속으로 쑥 들어갔다가 올라오는 것 같았다.

이렇게 아이를 잃고 마는 건가 싶어 어찔어찔하면서 현실감을 잃었다. 이게 반드시 꿈이어야 하는데.

불과 30분 전만 해도 내 손에 작은 제 손을 포개어 그림자처럼 나와 함께했던 아이. 아이의 온기가 아직도 느껴지는데 아이가 온데간데없어졌으니 미칠 노릇이었다. 아이는 여섯 살이 되었으나 집

전화번호는커녕 이름조차 똑똑히 말할 수 없고, 누군가의 보살핌 없이는 밥숟가락 한번 온전히 제 입에 떠 넣지 못했다.

여섯 살, 네 살의 두 아이는 같은 어린이집에 다녔다. 제 또래 친구가 없는 큰아이가 어린이집에 다니면서 점점 쾌활해지고 노래도 곧잘 흥얼거려서 안심하던 시기였다. 여느 때처럼 하원 버스에서 내리는 아이를 하나씩 손에 붙들고 인근 슈퍼마켓에 들렀다가 나왔다. 갑자기 작은아이가 "엄마, 쉬 마려" 하는 게 아닌가? 집에 갈 때까지 좀 참으라는 내 말에 작은아이는 도저히 못 참겠다며 표정을 구겼다. 잠깐 작은아이의 생리적 욕구를 해결해주느라 1~2분 정도 한눈판 사이에 큰아이가 없어졌다.

근처에 있으려니 하며 별다른 생각 없이 주변을 두리번거리다가 갑자기 심장이 요란하게 두방망이질하고 입술이 바짝 타는 걸 느꼈다. 아이가 보이지 않았다. 눈앞이 캄캄했다. "침착하자. 금방 찾을 수 있을 거야"라고 혼잣말하며 숨을 크게 쉬었다. 그러고는 네 살인 둘째 아이를 인근 가게에 맡기고 본격적으로 아이를 찾아 나섰다.

시장길은 여기저기 몇 갈래로 나뉘었다. 차가 많이 다니고 큰 도로와 연결되어 있어서 위험물을 피하지 못하는 아이가 무슨 사고라도 당할까 봐 뛰어다니는 동안, 속이 새까맣게 탔다. 봄바람이 부는 계절이었지만 한여름의 작열하는 태양 아래 서 있는 듯 온몸은 땀범벅이 되었고, 눈물과 땀방울이 콧등을 타고 흘렀다. 뒤엉켜 쏟아지는 머리칼을 쓸어올릴 여유도, 눈물을 훔칠 시간도 없었다. 실성

한 사람처럼 헝클어진 몰골로 아이 이름을 힘없이 부르며 돌아다니자 지나가던 사람들이 아이가 몇 살이냐고 물어왔다. 여섯 살이라고 하니, 다 큰 아이가 길 잃어버리겠냐며 걱정 말라고 위로해주었다.

"여섯 살이긴 한데 장애가 있어서 말을 하지 못해요. 아무것도 몰라요. 청남방에 초록색 어린이집 가방을 메고 있어요. 혹시 보면 알려주세요."

장 보러 온 이웃집 엄마들에게 경찰서 신고를 부탁하고, 몇몇 엄마들과 아이를 찾으러 다녔다. 길 가는 사람들을 붙들고 아이의 인상착의를 얘기했고, 애 지나가는 걸 봤다는 말에 혹시나 하는 기대로 귀를 세웠다가 아니라는 걸 알고 황급히 다른 곳으로 뛰어갔다. 결국엔 동물 같은 울음소리가 나도 모르게 터져 나왔다. 파출소에서 차량이 동원되고 동네 사람들이 찾아 나섰지만 30분 넘게 시간만 흘렀다. 두려움과 절망으로 눈물과 목소리도 나오지 않았다.

'하느님, 결국 내게서 이런 식으로 아이를 데려가실 건가요? 너무하십니다. 이럴 거면 진작에 데려가시지. 아니지, 안 돼요. 하느님, 제발 우리 아이를 찾게 해주세요. 이제부터 교회도 열심히 나가고 착한 일 많이 할게요.'

평소에 기도한 적도 없었는데, 신을 원망했다가 곧바로 두 손을 모으고 간절히 기도했다. 아이는 걸음을 떼기까지 내 품에서 떨어져본 적 없이 항상 안겨 있거나 업혀 있었고 많은 병치레로 날 긴장시켰다. 주변 사람들이 보통 아이보다 열 배는 힘들게 키운다고 했는데, 둘째를 낳아 키우면서 참말임을 알았다. 장애를 최소화하려고 치료실과 교육장을 부지런히 데리고 다녔고, 손톱만큼씩 좋아지는 아이를 보며 잔잔한 기쁨과 행복감도 느끼던 터였다. 그런데 이제 와 이별이라니! 이건 말도 안 된다며 고개를 흔들었다.

어디선가 앰뷸런스 소리가 울렸다. 빨간불, 파란불을 구분하지 못하고, 차가 옆에 지나가도 피할 줄 모르는 청남방의 초록 가방 멘 아이가 차에 치여 쓰러져 있는 게 눈앞에 보였다. 그러나 환청이고 환상이었다. 걱정으로 헛것이 들리고 보였던 것이다.

힘없이 기계적으로 다리를 옮기고 있는데, 멀리서 나를 향해 바쁘게 걸어오는 이가 보였다.

"애 엄마, 애 찾았어. 청남방 입고 빼빼 마른 아이 맞지? 엄마 찾아준다고 조금 전에 젊은 여자가 업고 가더라고."

그리고 그분은 마치 자기 일처럼 좋아하고는 지나갔다. 한걸음에 큰길 사거리로 나가보니 아이가 지인의 등에 업혀 있는 게 아닌가! 나를 보고 반가워하지도, 안심하는 눈빛도 아닌 걸 보니, 엄마를 잃어버렸다는 것도 모르고 찾지도 않았나 보다. 제 이름을 부르며 와락 끌어안는 엄마의 모습이 낯선지, 큰아이는 어리둥절한 표정으로 눈을 동그랗게 뜨더니 깜박였다.

아이를 업고 온 이에게 고맙다는 인사도 제대로 하지 못하고 서둘러 집으로 와야 했다. 바지가 축 처지고 냄새가 나는 게 변을 본 모양이었다. 똥을 싼 아이를 업고 온 이웃에게 미안함과 고마움이 한꺼번에 몰려왔다. 집에 와서 바지를 벗기고 엉덩이를 닦는데, 피부에 와닿는 아이의 감촉이 새삼스러웠다. 하마터면 잃어버릴 뻔한 아이. 항상 날 긴장시키는 아이. 앞으로 살아가면서 또 얼마나 어려운 일에 부딪힐까? 아이의 뽀얀 엉덩이를 탁 소리가 나게 때렸다.

"이 애물단지야, 네가 오늘 엄마를 10년이나 늙게 만든 거 알아?"

잠든 아이들을 바라보며 퇴근한 남편에게 말했다.

"여보, 아이가 꼭 똑똑하고 건강해야만 부모가 행복한 건 아닌 거 같아."

때로는 둘째 아이의 유창한 말솜씨보다 아무것도 모르는 큰아이의 순진무구한 웃음이 더 감동적일 때가 있다. 남편도 고개를 끄덕이며 말없이 내 손을 쥐었다.

참으로 편안한 밤이었다. 오랜만에 행복을 느꼈다. 다시 찾은 아이 덕분에.

대한민국을 상대로 소송을 걸다

아침부터 이웃의 전화를 받았다.

"지금 빨리 TV 켜봐. 우창이처럼 주사 잘못 맞고 법적 소송을 하는 사람 얘기가 아침 방송에 나오고 있어."

뇌염 예방접종 후 아이의 건강에 이상이 생겨 법정 소송을 벌이는 어느 아버지의 얘기였다. 방송에 나온 아이 아버지의 연락처를 수소문하여 통화했고, 남편과 의논하여 우리도 법정 소송을 하기로 했다. 소개받은 의료 전문 변호사를 찾아 강남의 사무실 문을 두드렸다. 아이가 예방접종으로 인해 장애가 발생했다는 것을 인정받을 수 있냐고 물으니, 내게 병원 증빙 자료를 요청했다.

수백 페이지에 달하는 병원 기록을 샅샅이 복사하기 위해 병원

원무과를 여러 번 드나들었다. 각종 검사와 경과 내용을 순서대로 정리하여 변호사에게 재판을 의뢰했다. 공소시효 문제는 없는지부터 물었다. 중환자실 간호사로 일할 때 의료분쟁이 생기는 경우를 왕왕 보았고, 시간이 지날수록 불리하다는 사실도 알고 있었다. 공소시효가 지나서 문제가 되는 건 아닌지 마음이 석연치 않았는데, 변호사는 당당했다. 아이가 예방접종 후에 이상이 생겼으나 그 당시에는 아직 어려서 장애가 될지 알 수 없었으니 공소시효는 장애등급을 받은 시점부터 논하면 된다고 했다. 즉, 문제가 없다는 얘기였다.

아이는 여섯 살이었지만 장애 판정을 받은 건 네 살 무렵이니 문제가 없겠다 싶었다. 이번에는 예방접종의 인과관계를 증명할 수 있는지 물었다. 멀쩡하던 아이가 갑자기 치명적 문제가 생긴 이유를 원고가 증명해야 한단다. 그러면 이길 수 있는 재판이라는 거였다. 하지만 재판에서 승소하더라도 이전의 아이로 돌아오게 할 수는 없었다. 그래도 돈이라도 받으면 아이에게 필요한 치료를 받을 수 있었다. 희망을 걸었다. MBC 〈PD 수첩〉에서 아이 사연을 취재해 가더니 며칠 후 방송에 나왔고, KBS 〈9시 뉴스〉에도 언급되었다. 대단한 변화가 있을 줄 알았는데 아무 일도 일어나지 않았다.

재판은 아예 해보지도 못하고 끝났다. 공소시효는 문제가 되지 않는다고 자신만만해하던 변호사가 공소시효 문제를 해결하지 못해 재판을 걸어보지도 못한 것이다.

아이의 예방접종은 지역 보건소에서 했다. 보건소는 서울시에 있고 서울시는 대한민국에 있으니, 대한민국을 상대로 한 재판이었다. 재판에 패소하자 국선 변호사를 정부에서 선임한 거라, 구와 서울시에서 각각 상당액의 벌금이 나왔다. 기가 막히고 억울했다. 벌금 고지서는 해마다 나왔지만 내지 않고 버텼다. 그로부터 서울시장이 몇 번 바뀌었다. 전세를 살다가 30년 만에 집을 장만했을 때 할 수 없이 벌금을 냈다.

감히 대한민국을 상대로 손해배상 청구를 하다니, 그게 문제였을지도 모른다. 비싼 세금을 냈다고 생각하고, 앞으로는 우리 아이의 복지를 위해 목소리를 높여야겠다.

빨리 갈 수 없는 아이, 빨리 할 수 없는 아이

"우창아, 좀 빨리빨리 가자. 이러다 늦겠어."

고사리 같은 아이의 손을 잡은 채 숨이 턱에 닿도록 가파른 학교 오르막길을 오르면, 집을 나설 때의 서늘함은 온데간데없고 이마엔 송골송골 땀이 맺혔다. 가슴에 1학년 신입생 명찰을 단 아이들도 몇 명밖에 보이지 않았다.

"자, 이제 교실로 올라가야지."

이때만큼은 4층 맨 꼭대기에 있는 1학년 교실이 원망스럽다. 늦을까 봐 마음 졸이는 나와는 달리, 천천히 계단을 오르는 아이. 마음 같아선 번쩍 들어 안고 두 계단씩 뛰어 올라가고 싶지만, 그래도 초등학생인데 싫어서 보는 눈을 의식하며 빨리 가자고 재촉하고는 손아귀에 힘을 주었다.

뒤에 따라오던 아이들이 답답했던지 우리를 뒤로하고 두 계단씩 후다닥 올라갔고, 아이들이 일으킨 뿌연 먼지를 마시며 한참 후에야 교실로 올라왔다. 신발을 실내화로 바꾸어 신게 하고 등을 떠밀어 교실로 들여보낸 후에 복도에 서서 유리문 너머로 아이를 쳐다봤다.

아직 익숙하지 않은 교실이라 아이는 여기저기 돌아다니다가 다른 아이의 자리를 떡하니 차지하기도 하고 학용품이나 가방을 만지기도 해서 따가운 눈총을 받았다. 아이들의 항의와 담임선생님의 개입에도 사태가 진정되지 않아 분위기가 심상치 않다 싶으면, 나는 최대한 몸을 낮추고 조용히 뒷문을 열고 들어가 중재했다. 그런데 그때도 아이가 막무가내로 고집을 피우면……. 그만 울고 싶어진다.

일찍이 아이는 뇌병변(뇌성마비)과 지적장애 진단을 받았다. 여덟 살이 되어 특수학급이 있는 일반 초등학교에 입학했다. 입학식 날 교장 선생님은 말씀하셨다. 부모로서 크게 기쁨과 감동을 느끼는 때가 세 번 있는데, 아이를 낳았을 때, 초등학교 입학할 때, 장성하여 결혼시킬 때라고 했다.

옳은 말인데도 낡은 솜이불을 덮은 듯 마음이 무거웠다. 한껏 치장한 엄마들이 보였다. 자랑스러운가 보다. 반짝이는 구슬 같은 눈으로 교장 선생님의 말씀을 듣는 아이들이 뿌듯한지 하나같이 밝은 표정이었다. 하지만 몇 번이나 입학을 연기할까 고민하며 특수학교와 일반 학교를 저울질하다가 어렵게 결정한 터라 애당초 기쁨이나 감동과는 거리가 멀었다.

입학을 고민하며 교장 선생님과 상담할 때, 아이의 담임을 맡을 선생님이 미리 아이를 파악할 겸 들어오셨다. 담임선생님께 인사드리라는 내 말이 끝나자마자 아이가 의자에서 용수철처럼 튀어 오르더니 교장실을 소리 내며 뛰어다니기 시작했다. 처음 선생님을 만나는 자리인 만큼 조금만 얌전하길 바랐는데 그 꿈은 여지없이 깨졌다. 담임선생님의 난감해하는 표정에 나 또한 얼굴이 흙빛이 되고 말았다.

입학식 날, 줄서기가 되지 않자 아이들은 우리 아이에게 여러 차례 주의를 주었고, 그래도 줄을 서지 않자 내게 따지듯 물었다.

"아줌마, 얘 왜 이래요?"

다음 날 아침, 아이와 함께 교실에 들어가자 한 아이가 이렇게 물었다.

"아줌마, 오늘은 집에서 교육 좀 많이 시켜 왔어요?"

아직은 추위가 가시지 않은 3월 내내 교실 밖 복도에서 와들와들 떨면서 유리창 너머로 아이를 쳐다보았다. 살얼음을 밟는 기분이었다. 다른 애를 때리면 어쩌나, 눈치 없이 굴다가 맞으면 어쩌나, 수업 시간에 돌아다니며 어쩌나, 갑자기 소리 지르고 수업에 방해하면 어쩌나, 선생님이 데려가라고 하면 어쩌나……. 오죽하면 남편에게 '학교 간다' 하지 않고 '전쟁 치르러 간다'라고 했을까.

같은 반의 어떤 아이는 징그러운 송충이 보듯 우리 아이를 피했고, 어떤 아이는 과한 호기심으로 짓궂게 장난을 치기도 했다. 머리에 문제가 있는 것이라고 하니 병원에서 고쳐 오라고 말하는 아이도 있었다. 아이들이 우창이를 궁금해하기에 32명 반 아이들 한 명 한 명에게 손 편지를 썼다.

> 얘들아, 우창이가 수업 시간에 떠들고, 가만히 있어야 할 때 자꾸 움직여서 이상했을 거야. 어렸을 때 예방주사 맞고 열이 나면서 머리에 문제가 생겼단다. 그래서 너희들처럼 달리지 못하고, 글씨도 못 쓰고, 하고 싶은 말도 잘하지 못해. 하지만 너희들과 친하게 지내고 싶어 해. 친해지는 방법을 모르니까 자꾸 장난치는 거야. 너희들이 많이 도와주고 친하게 지내면 말도 잘하고 공부도 잘할 수 있단다…….

아이들은 머리에 어떻게 문제가 있는 거냐고 물어서 로봇 부속

품이 하나 빠져 제대로 작동하지 않는 거라고 설명했다. 아이들은 고개를 끄덕였고, 태도가 달라졌다. 계단을 잘 내려가지 못하는 아이의 손을 잡아주고, 아침에 가방에서 준비물을 꺼내는 걸 도와주는 친구들을 보고 작은 희망을 가졌다.

20년도 훨씬 지난 지금, 그때의 아이들은 우창이를 어떻게 기억할까? 빨리빨리 걷지 못했고, 줄서기에서 늘 이탈했으며, 달리지 못했고, 못 알아들을 말만 했던 아이가 아닌, 뽀얀 피부에 눈이 예쁘고 잘 웃던 아이로 기억되었으면 좋겠다.

장애가 있다는 것이 그저 안경을 쓰거나 피부가 까맣거나 키가 작은 것 정도로 여겨지는 사회가 된다면 얼마나 좋을까?

우리들은 1학년, 우리 둘은 1학년

아이가 여덟 살이 되어 취학통지서를 받았다. 마음이 착잡했다.

집에서 5분 거리에 있는 언덕 위의 일반 초등학교를 보내도 되는지, 장애 아이들만 다니는 특수학교를 보내야 하는지 답이 금방 나오지 않았다. 다니던 기관 선생님에게 조언을 구하니, 특수학교는 언제든 갈 수 있단다. 일반 학교에 다녀보고, 정 어려우면 그때 특수학교로 옮겨도 된다고 했다.

예비 소집일부터 줄서기가 되지 않는 아이는 다른 아이들의 눈길을 끌었다. 아이들이 혼자 할 수 있는 대부분의 일을 우리 아이는 하나도 하지 못했으니 매사에 표가 났다. 아침마다 아이 손을 잡고 4층 교실까지 에베레스트를 등반하는 비장한 심정으로 올라갔다. 실내화를 갈아 신게 도와주고 등을 떠밀다시피 교실에 밀어 넣고는 유리창 너머로 아이를 주시했다. 아이는 서랍 안의 책 하나 꺼내지 못하고 정물화처럼 가만히 앉아 있었다. 짝꿍이 책을 책상 위에 올려주었으나 가위질은 고사하고 색연필 잡는 것조차 어려운 아이는 눈만 멀뚱멀뚱 뜨고 있을 뿐, 지구별에 불시착한 외계인 같았다.

흥미가 없는데 가만히 앉아 있기가 얼마나 어려운지는 겪어본 사람만 안다. 아무것도 하지 않고 가만히 앉아 있는 일은 석고대죄만큼 어렵다. 아이는 하품 한 번 하고 두리번거리다 엎드리기도 하고, 옆자리 아이의 학용품을 만지기도 했다.

어느 날, 담임선생님이 나를 불렀다. 짝꿍이 도와주기 쉽지 않으니 수업 시간에 맨 뒷자리에 엄마가 나란히 앉아서 도와주었으면 좋겠다고 했다. 선생님을 쳐다보며 열심히 수업에 참여한 건 아이가 아닌 나였다. 소근육이 약한 아이는 선 긋기 정도만 엄마 손에 붙들려 간신히 했고, 오리고 붙이고 색칠하기는 대부분 내 몫이었다.

《우리들은 1학년》은 입학한 후 3월 한 달 동안 배우는 교재였다. 어느 날 책을 꺼내는데, 어라! 글자가 달리 보였다. 착시인가, 내 마음의 반영인가? '우리들은 1학년'이 '우리 둘은 1학년'으로 보였던 것이다.

30대 후반의 나이에 한 달 동안 초등학교 1학년으로 되돌아가야 했다.

아들의 짝꿍이 된 3월, 꽃샘추위가 한 발짝 물러나고 봄이 성큼 다가오는 듯했지만, 내 마음은 한파가 몰아닥친 듯 시렸다.

엄마가 그랬듯이

나에게는 엄마에 대한 기억이 거의 없다. 입퇴원을 반복하며 투병 생활을 오래 했던 엄마는 내가 필요할 때 늘 곁에 없었다. 오랜 병원 생활 끝에 집으로 온 엄마는 시든 화분처럼 방 한쪽에 말없이 누워 있었다. 그리고 찬바람이 불던 어느 날, 준비되지 않은 이별을 했다.

따뜻하고 부드러운 햇살이 감싸던 어느 날 오후, 스무 살 때 자취하던 집에서 몰래 훔쳐보았던 주인집 마당의 풍경은 아직도 내 마음속에 한 폭의 그림처럼 남아 있다. 마당을 뛰어다니는 아이들의 웃음소리는 명랑하게 공중을 날아다녔고, 툇마루에 앉아 나물을 다듬으며 뛰노는 아이들을 쳐다보는 엄마의 눈빛에는 다정함이 가득했다. 엄마를 쳐다보며 신난 강아지처럼 뛰어다니는 아이들을 보자 절로 미소가 떠올랐다. 나에게 그 풍경은 행복한 가정의 모범 답안처럼 느껴졌고, 나도 결혼하면 한 폭의 그림 같은 풍경이 펼쳐지리라 생각했다.

얼마 후, 사랑하는 사람을 만나 결혼했다. 하지만 무일푼으로 시작한 결혼 생활이라 아이 갖는 걸 미뤘다. 매달 빠져나가야 할 전세 대출금이 있었고, 몸이 불편한 친정아버지에게 맏딸로서 생활비를 보내야 했기 때문이었다. 간절히 원하던 아이가 사치처럼 느껴져서 해를 미루다가 첫아들을 낳았다.

좋은 엄마가 되리라. 잘 키우고 책임지리라. 임신을 알고 가장 먼저 했던 다짐이었다. 이 땅의 모든 엄마가 그러하듯 나 또한 좋은 엄마가 되고 싶었다. 새근새근 잠든 아이의 이마를 간지럽히듯 어루만지는 아침 햇살 같은 엄마, 아이의 곁에서 늘 지켜주고 따뜻하게 웃어주는 그런 엄마가 되고 싶었다. 그저 정물화처럼 누워 있던 엄마처럼 되고 싶지 않았다. 좋은 엄마가 되기 위한 자격시험이라도 보는 것처럼 육아 책을 열심히 보았고, 첫 육아여도 자신감이 넘쳤다. 아이와 함께 많은 시간을 보내기 위해 직장을 그만두는 것도 크게 고민하지 않았다.

그런데 뜻밖에 내 삶이 뿌리부터 송두리째 흔들렸다. 생후 4개월, 예방접종 사고로 아이는 예전과 다른 아이가 되었다. 똘망똘망한 눈망울을 되찾을 수 있으리라 기대하며 사랑과 정성으로 보살폈지만, 손톱만큼씩만 좋아졌다. 가슴에 무거운 돌덩이가 들어앉은 것처럼 답답했다. 그러던 때 둘째를 임신했다. '형제가 생기면 큰아이가 동생을 보고 따라 하며 잘 클 수 있지 않을까? 큰아이에 대한 과도한 기대와 집착도 줄어들겠지?' 그런 기대로 둘째를 낳았다.

둘째 아이는 가르쳐주지 않아도 뒤집기를 하고 배밀이를 하고 붙잡고 서더니, 아직 '엄마'라고 말하지 못하는 형을 앞질러 종달새처럼 온종일 재잘거렸다. 형의 장난감을 시시하게 생각하는 시기가 금방 다가왔고, 형을 위해 태교 때부터 준비한 동화책을 혼자서 줄줄 읽었다. 고학년이 되자 덩치마저 형을 넘어서서 형이라고 내세울 만한 게 하나도 없었다. 34개월 터울의 둘째 아이는 초등학교에 들어가자마자 형을 도와서 엄마에게 힘이 되어주었다. 다행이고 고마운 일이었다.

하지만 둘째 아이에 비해 발달 속도가 매우 더딘 큰애는 자신의 감정을 표현할 줄 몰랐다. 제 뜻대로 되지 않으면 고집을 부리고 짜증을 내는 날들이 늘어서 엄마를 무척 힘들게 했다. 항상 타이밍이 문제다. 내가 피곤하지 않고 마음에 여유가 있을 때는 잘 받아줄 수 있지만, 몸이 힘들고 바쁘면 아이를 받아줄 여유가 눈곱만큼도 생기지 않는 건 예나 지금이나 마찬가지다. 아마 그날도 그런 날 중 하루였으리라.

"제발 그만 좀 해라. 아이고, 내가 진짜 못 살겠다."

엄마의 넋두리에 중학생이 된 둘째 아이가 제 형과 내가 실랑이를 벌이는 방에 들어왔다. 나는 둘째에게 불편한 감정을 여과 없이 쏟아냈다.

"형이 TV 리모컨을 또 망가뜨리고는 지금 당장 고치라며 날 못살게 군다."

그러자 둘째 아이는 대뜸 형을 거칠게 밀면서 소리쳤다.

"엄마 좀 힘들게 하지 마."

큰아이는 갑자기 싱싱한 물고기처럼 앉은자리에서 펄쩍펄쩍 뛰며 알아듣기 힘든 말소리로 노여움을 쏟았다. 한창 사춘기라 감정 조절이 어려웠던 중학생 둘째 아이는 눈빛이 험해지더니, 형을 주먹으로 치기 시작했다. 동생이 형을 때리는 장면을 보는 순간 지옥이 따로 없다고 느꼈다.

"내가 알아서 할 테니 너는 저리 가 있어."

물기 없는 목소리가 좁아진 목구멍을 겨우 빠져나왔다. 우리는 모두 침묵했다. 간간이 몸에 쌓인 나쁜 독소를 빼듯, 긴 한숨 소리만이 적막한 공기 위에 뿌려졌다. 참으려고 무던히 애썼는데 주책

스럽게도 몸속의 모든 물이 눈물이 되어 쏟아졌다.

둘째 아이는 매일매일 엄마를 힘들게 하는 순간마다 형이 미웠을지도 모른다. 하지만 난 둘째 아이의 형에 대한 사랑 또한 기억하고 있다.

여섯 살밖에 안 된 녀석이 엄마가 없는 시간에 형의 배변 처리를 해주었고, 옷을 입고 벗는 것이 자유롭지 못한 형을 데리고 수영장에 함께 들어갔으며, 매일 형을 챙겨 손을 붙잡고 태권도장에 다녔고, 학교에서 제 형을 괴롭히는 선배들에게 주먹을 날리기도 했다. 친구들이 형을 이상하게 보더라도 결코 형을 부끄러워하지 않던 동생이 아니었던가!

생각해보니 그동안 장애가 있는 큰아이를 나 혼자 오롯이 감당한 것이 아니었다. 형제가, 가족이 있어서 가능했다. 하지만 앞으로는 형제간에 함께 할 일이 줄어들 것이 분명하다. 물리적 거리가 멀어지면 심리적 거리도 당연히 멀어질 것이고, 형제간이라 해도 이해할 수 없는 일은 점점 많아질 수밖에 없으리라. 큰아이의 이해할 수 없는 행동, 받아들이기 힘든 행동은 일상이지만, 엄마인 나조차도 때로는 감당하기가 힘겹다. 찬찬히 행동의 이면까지 들여다보기가 쉽지 않아 불쑥 화가 나곤 한다. '둘째 아이는 자신만의 세계를 넓혀가고 있는데 앞으로는 대화가 되지 않는 형에게 내줄 시간도 점점 줄어들겠지?' 그 사실이 가슴을 아프게 후벼 판다. 장애가 있는 형을 이해할 수 있도록 엄마인 내가 중간에서 가교가 되어야 하고, 형제간에 접합제 역할을 해야 한다는 생각에 한여름에 솜이불을 뒤집어쓴 듯 마음이 무겁고 답답했다.

이제 장애 아이가 장애 성인이 되고 보니 또 다른 숙제가 생겼다. 형제간의 간극을 줄여주어야 한다는 무거운 숙제다. 밥벌이하느라 밤늦게 들어오는 둘째, 학교 시험 기간에는 학원 시간표에 맞추어 밥을 먹어야 하는 셋째. 각자의 생활이 있으니 예전처럼 한 상에 앉아 도란도란 이야기를 나누며 저녁을 먹는 일도 줄어들었다. 엄마의 집합 명령에 셋 다 쪼르르 달려 나와 외출한 것도 오래전 기억이 되고 말았다.

어느 순간 동생들의 키와 몸집이 형보다 압도적으로 커진 걸 보니 묘한 기분이 든다. 동생들에게 장애가 있는 형은 어떤 존재일까? 형이 장애인이 아니었다면 엄마의 관심과 애정을 좀 더 당당히 요구했을 텐데, 내가 형을 편애한다고 느끼지는 않을까? 그래서 아이들에게 장애인 형을 두어 힘든 점은 없었는지 물으면 답은 뭉클할 만큼 의젓하다. 가끔 진로에 대해 조언을 해주는 친구들의 형이 부러운 적도 있었단다. 그러나 장애가 있는 형을 두었기에 오히려 사회적 약자를 이해하고 배려하며 성숙한 사람으로 성장할 수 있었다는 아이들의 말이 고맙다. "형이 장애가 없었으면 너희는 안 낳았을지도 몰라"라며 형에게 고마워하라고 당당하게 말했던 엄마라서 미안하기도 하다.

그래도 동생들에게 형의 존재가 인생의 마이너스 요소가 아니라

플러스가 되기를 소망한다. 지금까지 함께 잘 성장해준 것처럼 앞으로도 우애 있는 형제가 되길 바란다. 결혼할 사람에게 형의 존재를 당당히 얘기할 수 있고, 친구들에게 형의 존재를 부끄러워하지 않았으면 좋겠다. 장애가 있다고 해서 아이를 집 안에 꽁꽁 숨겨서 키운다는 건 존재를 부정하는 거라 여기며, 여섯 살 이후 대중목욕탕만 빼고 어디든 장애 아들과 함께했던 이 엄마가 그랬듯이.

걸림돌이 아닌 디딤돌

꿈에 갓난아이가 누워 있다. 희다 못해 푸른 기가 도는 아이를 안아보니 물컹물컹한 게 꼭 액체 괴물 같다. 소스라치게 놀라 손을 떼자, 아이가 내 품에서 고개를 푹 수그린다.

'아니야. 내 아이가 아니라고!'

목구멍은 말라붙었고 가슴이 아리다. 세차게 고개를 흔들다가 잠에서 깼다. 또르르 눈물 한 방울이 떨어진다. 한여름인데 서늘한 기운이 등줄기를 타고 내려간다. 꿈에서 아기를 보면 영락없이 몸이 아프다. 아플 때마다 꾸는 이 악몽에서 언제쯤 자유로워지려나?

지나가버린 것에 대한 미련과 후회는 언제나 크다. 아이가 아프기 전으로 시간을 돌리고 싶다는 생각을 수도 없이 했다. 오래전 기억 따윈 지워버렸다면서도 무의식에는 아이의 사고 기억이 깨진 유리 조각처럼 촘촘히 박혀 있나 보다.

아이는 뇌 손상으로 시신경에 문제가 있어서 오랫동안 시력이 돌아오지 않았다. 대부분의 교육은 눈으로 보고 따라 하는 활동이라 아이는 제한된 교육밖에 할 수 없었다. 그러다가 아이가 작은 소리에도 반응하고 노래를 들으면 흥겨워한다는 걸 깨달았다. 유독 청각에 예민한 편이었다. 누군가로부터 음악 치료가 효과적이라는 얘기를 듣고 꿈에 부풀어 음악 치료 사설 기관에 아이를 업고 갔다. 아이 상태를 얘기하고 치료날까지 정하고는 치료비를 마지막에 물은 게 잘못이었다. 그때만 해도 음악 치료가 그리 보편적이지 않아서 외국에서 공부한 치료사가 내민 한 달 치료비는 남편 월급의 절반이었다. 한숨을 쉬며 발걸음을 돌릴 수밖에 없었다.

'그래, 내가 하자.'

내가 아는 음악을 다 동원해서 아이에게 노래도 불러주고 피아노도 들려주고 냄비도 함께 두드렸다. 그러던 어느 날, 신문에서 모 대학의 음악 치료 오리엔테이션 광고를 보았다. 가슴이 뛰었다. 내가 제대로 배우면 아이에게 구체적인 도움을 줄 수 있을 것 같았다. 치료사가 되면 아이에게 여러 가지 도움이 되는 정보를 배울 테니 궁극적으로 아이와 내게 유익한 일 아닐까?

엄마가 자기를 두고 나가려 한다는 것을 본능적으로 알았는지, 아이는 내 다리를 붙잡았다. 순간 내 안에서 갈등이 시작됐다.

'아직 엄마가 옆에 붙어 있어야 하잖아.'

'아니라니까. 애가 네 인생에 걸림돌이잖아.'

고작 한 시간짜리 오리엔테이션이라고 스스로 위안하고는, 거칠게 아이를 밀어 앉히고 급하게 집을 나섰다.

새로운 분야를 알고 기쁘게 집에 들어선 순간, 눈앞에 펼쳐진 광경에 입이 다물어지지 않았다. 어질러진 종이와 가위, 옷가지 사이에 앉아 있는 아이의 정수리에 동전만 한 크기의 하얀 동그라미가 선명했다. 가위질을 잘하지 못하는 아이가 머리카락을 자른 것이다. 그 순간, 애는 안 보고 어디를 돌아다녔냐고 책망할 남편이 걱정이었다. 다급하게 미용실로 달려갔지만 구두약으로 까맣게 메꾸고 집에 돌아올 수밖에 없었고, 깊은 고민에 빠졌다.

'이런 아이를 두고 내가 대학원 공부를 시작할 수 있을까?'

어린이집 원장인 친구에게 전화를 걸어, 대학원은 사치라며 포기해야겠다고 한탄했다. 친구는 장애가 없는 아이들도 가위로 그런 장난을 치기도 한다며 달래주었다. 그리고 이번에 하고 싶은 일에

도전해보라며 용기를 주었다.

결국 대학원 시험에 합격했고, 주 3회씩 야간에 음악치료대학원을 다녔다. 짬짬이 동네 아이들에게 피아노를 가르치며 아이 둘까지 챙기느라 매번 수업이 시작하기 직전에 들어갔고, 수업 끝나기가 무섭게 집으로 돌아왔다. 학교 주변의 음식점이나 커피점에는 가본 적이 없었다. 아이 돌보미를 매번 부르기에는 비용이 만만치 않아서 한번은 여섯 살이었던 둘째에게 형을 맡기고 학교에 다녀왔는데, 형이 배변 실수한 것을 휜 수건으로 닦고 던져두어 화장실 벽이 엉망진창이었다. 그럴 때는 아이들에게 미안하기도 했고, 내가 공부하는 게 맞는지 회의도 들었다. 우여곡절이 있었으나 어쨌든 졸업했고, 음악치료사가 되어 20년째 일하고 있다.

일하면서 장애가 있는 아이들을 많이 만났는데, 내 아이의 어릴 적이 떠올라 더 애정이 간다. 특히 장애 아이의 엄마는 피라도 나눈 형제 같다. 비장애인을 둔 엄마는 아이가 크면 자기 인생을 사는데, 장애아의 엄마는 일할 수 있는 능력이 있어도 평생 아이의 그림자로 살아간다. 아이를 데리고 하루에 서너 곳씩 치료센터를 다니는 엄마들의 핏기 없는 얼굴을 보면, 20년 전 내 모습 같아서 마음이 짠하다. 치료 하나 더 한다고 해서 크게 달라지지 않는데, 하지 않으면 불안해서 내 몸이 으스러져도, 빽빽한 치료 스케줄에 지쳐 아이가 잠들어도, 치료실과 교육기관에 데려다 놓는 그 마음을 나도 잘 안다. 그렇지만 장애 아이를 키우는 건 마라톤과 같으니 틈틈이 엄마의 몸과 마음을 돌보라고 조언한다. 엄마가 행복해야 아이도 행복하니까. 엄마가 아프면 가정이 무너지니까.

아이의 장애로 시작한 배움이 직업이 되었다. 음악치료사로 일하면서 힘들 때도 있지만 부작용이 없는, 누구에게나 유익한 치료라는 확신으로 일터에 간다. 일하면서 수많은 장애를 이해하게 되었고, 문제행동의 원인도 깨달았다.

장애 아이가 된 건 운명이지만, 그다음부터는 내 선택이고 책임이다. 나쁜 기억은 경험이고 좋은 기억은 추억이라던데, 아플 때마다 꾸는 악몽도 언젠가는 사라지리라 믿는다.

나에겐 소소한 꿈이 있다. 생각만 해도 눈가가 촉촉해지고 입가가 살며시 올라가는 흐뭇한 꿈이. 시간을 내어 아이와 포근한 아침 햇살 받으며 함께 공원을 걷고 싶고, 해외여행도 가고 싶다. 지금은 내가 운동장이라도 돌자고 애원해야 마지못해 나가지만, 20~30년 후에는 아이가 주름진 내 손을 잡아 이끌며 산책하자고 재촉할지도 모른다.

장애가 있지만 아이는 내 인생의 걸림돌이 아니라 디딤돌이라고 생각한다. 아이로 인해 음악치료사의 꿈을 이루었고, 유익하고 가치 있는 일을 하고 있다. 내 아이뿐 아니라 내가 만나는 아이들 모두 장애가 있어도 사랑받을 수 있고, 더 나아가 존경받을 수 있기를 꿈꾼다. 그리고 동화의 결말처럼 "엄마와 아들은 오래오래 행복하게 살았습니다"로 내 인생이 멋지게 마무리되길 꿈꾼다.

어지럽히고 고장 내는 건 아이의 일이었고,

일상이 돌아가게 하는 건 늘 나의 일이었다

Chapter 2

일상을
되돌리는 엄마

수영하고 싶어요

뇌병변 장애가 있는 큰아이는 복지관에 있는 시간과 잠잘 때, 밥 먹을 때를 제외하고는 늘 TV 리모컨을 손에서 놓지 않았다. 코로나가 장기화되면서 다니던 복지관마저 휴관하자, TV와 각별한 사이가 되었다. 코로나 초기에는 엄마와 잠깐씩 산책도 하고 집 앞 놀이터에서 마스크를 쓰고 운동도 했는데, 어느 순간부터 밖에 나가지 않으려 했다.

얼마나 쉴 새 없이 리모컨을 눌러대는지, 새 건전지로 갈아 끼워도 이틀이 못 가 빨간 불이 들어왔다. 그뿐만 아니라 리모컨이 닳고 버튼이 빠져 한 달에 두 번 이상 리모컨을 교체해야 했다. 엄마가 없을 때나 한밤중에 리모컨 작동이 안 되거나 TV 선이 빠지면 큰아이 혼자 어떻게든 해보려다 문제가 커졌다. 손가락의 움직임이 원활하지 않다 보니 건전지의 극을 반대로 끼우는 일이 빈번해 코일이 파손되기도 했다.

무엇보다 TV 시청은 건강한 상호작용에 방해가 되었다. 또 장시간 앉아 있으면 건강에 치명적인 문제가 생길 수 있기에 걱정이었다. 아이는 팔다리가 가늘어지고 올챙이처럼 배만 볼록해졌다. 땅바닥에 붙어버린 것처럼 앉아만 있어서 엉덩이에는 거뭇하게 굳은살까지 생겼다. 가까이에서 TV를 보니 눈이 더 나빠졌다. 이렇게 TV만 보다가는 성인병으로 일찍 죽겠다 싶어서 수영을 시작했다.

어렸을 때 장애가 있는 아이들과 수영 레슨을 몇 번 받긴 했지만, 오랫동안 수영을 하지 않아 두려운 마음으로 수영장에 갔다. 물에 빠질까 봐 두려운 게 아니라 다른 사람에게 피해를 주는 행동을 하면 어쩌나 싶어서였다. 역시 아이는 똑바로 가지 않고 요란하게 물장구를 쳐서 뒷사람에게 물을 마구 튀겼다. 눈살을 찌푸리며 한마디 충고하던 사람들이 아이의 행동을 자세히 보더니 슬금슬금 다른 곳으로 피하기 시작했다. 어떤 아이인지 알아본 거다. 그러면 나는 또 몸을 낮추어 말했다.

"장애가 있는 아이예요……. 이해해주세요."

다른 사람에게 불편을 주지 않고 수영하려면 전용 레인이 필요했기에, 수영 개인 교습을 받게 했다. 팔다리에 경직과 위축이 있어서 재활 목적으로 시작한 수영은 불편한 얘깃거리를 많이 만들었다. 수영장에 들어갈 때부터 난관이었다. 남자 탈의실과 여자 탈의실이 따로 있으니 엄마는 도울 수가 없다. 혼자서 수영복을 입지 못하는 성인 청년은 탈의실에서 수영 강사가 수영복을 입혀주고 수경을 씌워줘야 수영을 할 수 있다. 앞 수업이 끝나기 전이라 기다려야 하는데 가만히 서서 기다리기에 5분은 참으로 긴 시간이었으리라. 시간이 되기 전에 수영장에 들어갔다가 도로 나온 적이 여러 번 있었다.

두 번 다시 기억하고 싶지 않은 일도 일어났다. 수영이 끝난 뒤였다. 어차피 혼자 샤워하는 것이 불가능하기에 수영복을 벗고 반바지로 갈아입고 나오라며 탈의실에 들여보냈다. 아이는 혼자 머리 감기를 시도했는지, 불쑥 알몸으로 수영장에 나와 소리쳤다.

"엄마, 샴푸가 없어요."

빨리 들어가라고 등을 떠밀고는 한 남자분에게 옷을 좀 입혀서 내보내달라고 부탁했다. 혹시 누군가 수영하다가 성인 남자가 알몸으로 서 있는 걸 보고 항의해서 다시는 수영을 못 하게 되면 어떡하나. 이런 어려움을 감당하며 계속 수영을 가르칠 수 있을까? 장애가 있어도 여자아이라면 더 나았을걸. 정말 짧은 순간에 수많은 생각이 쏟아졌다.

또 수년 전의 아픈 상처도 떠올랐다. 초등학교 때 장애가 있는 아이들 몇 명이 장애 담당 강사에게 수영을 배운 적이 있었다. 어렸기에 수영하다 보면 갑자기 찬물에 적응이 되지 않아 배가 아프기도 했을 거다. 큰아이가 화장실에 가고 싶다고 했나 보다. 담당 강사는 다른 아이들을 잠깐 물에 있게 하고 우리 아이와 화장실에 동행했다. 그랬더니 다른 엄마가 우리 아이 때문에 아이들이 피해를 입는다며 강하게 불만을 표했다. 나보다 나이가 많은 엄마라 대꾸하지 못하고 서러워서 눈물만 흘렸다. 그 후로 아이는 그룹 수영에서 빠졌다.

장애인이나 보호자가 다른 사람들의 눈치를 보지 않고 편하게 이용할 수 있는 수영장이나 전용 레인이 있으면 좋겠다. 수영은 신체 경직이 심한 아이에게 효과적인 운동인데, 성별이 다른 엄마는 수영장 탈의실 이용이 불가능하니 수영 가르치기가 험난하기 때문이다.

엄마에게 수영 솜씨를 뽐내고 싶었던 아이

아이는 시간 개념이 확실하다. 그래서 수영 갈 시간이라고 알려주면 보던 TV를 끄고 벌떡 일어선다. 그런데 어제는 고집을 부리며 수영 수업에 가지 않아서 엄마를 많이 화나게 했다. 아이는 어제 일이 미안했는지 오늘은 아침에 일어나자마자 엄마와 수영을 가겠다고 했다. 성별이 달라서 내가 수영복을 입혀줄 수 없다. 따라간 남편이 수영복을 입혀주고 아이와 둘이 수영장에 들어갔다. 토요일이라 자유 수영을 하는 사람이 꽤 많아서 그나마 제일 사람이 적은 레인으로 갔다.

엄마에게 자랑하고 싶은 큰아이는 "내가 혼자 할게. 봐봐" 하더니 킥 판을 가져와서 물보라를 일으키며 요란하게 발차기를 했다. 오른쪽으로 붙어서 수영해야 하는데 두 다리를 벌리고 이리저리 우왕좌왕했다. 뒤따르던 내 입속으로 물이 마구 들어왔다. 바로 아이

뒤에서 세찬 물보라를 맞는 건 엄마로서 응당 감수할 수 있지만, 맞은편에서 배영으로 오던 사람은 갑자기 입안으로 폭포수 같은 물이 쏟아져 엄청 황당했으리라. 아이가 장애가 있으니 이해해달라는 말을 하기도 전에 한 사람씩 슬금슬금 다른 레인으로 옮겨서, 들어간 지 5분 만에 레인은 우리 둘이 독차지했다.

아이에게는 수영 잘한다고 엄지척을 해주었지만, 많은 시간과 수업료를 들이고도 자세나 속도가 옆 레인에서 새로 시작한 유아반 아이들보다도 엉망이었다. 모든 운동은 일단 힘을 빼야 하는데, 아이는 몸에 힘이 잔뜩 들어가 속도가 나지 않았고 팔다리에 경직과 위축이 있어 팔 돌리기가 뻣뻣했다. 배영을 할 때는 팔이 귀에 닿게 하라고 알려주니 살려달라고 허우적대는 듯했다.

그나마 처음보다는 조금 나아졌고 물을 겁내지 않으니 다행이다. 자유형과 배영에 자신감이 생겨 엄마에게 자랑하려 했으니 이 정도로 만족해야겠다. 엄마는 계속 뒷바라지해줄 테니 수영하지 않겠다는 말만 하지 않기를 바랄 뿐이다. 매번 수영을 즐기지 못하고 눈치를 봐야 하는 상황이 아쉽다.

세상 속으로 아이를 내보내기

20대 중반, 직장 근처에서 자취 생활을 했다. 자그마한 여관집의 문간방에 세 들어 살았는데, 어느 날 목격한 장면은 30년도 훨씬 지난 지금까지 어제 일처럼 생생하다.

못을 박기 위한 망치가 필요했기에 그날 주인집 앞마당에 처음 들어갔다. 마당에는 파란 하늘이 시원하게 펼쳐졌고, 화단에는 예쁜 꽃들이 올망졸망 피어 있었다. 툇마루에 걸쳐 앉은 젊은 여자를 보았다. 햇볕이라고는 한 번도 받지 않은 듯한 순백색의 피부, 불현듯 나타난 존재에도 꿈쩍도 하지 않고 꿈꾸는 듯이 허공을 응시하는 눈. 정물화 같은 그 풍경을 보자마자 단박에 알아채고는 조용히 몸을 돌려 마당을 빠져나왔다.

딸 하나, 아들 하나를 두었다는 주인아주머니 말은 거짓이었다. 장애가 있는 딸이 한 명 더 있었던 거다. 주인아주머니는 장애가 있는 딸은 집 안에 꽁꽁 숨겨두고 없는 사람처럼 키웠다. 그날, 항상 웃는데도 뭔가 석연치 않았던 주인아주머니의 비밀을 알고 말았다.

난 아이를 세상 밖에 내놓기 위해 중학생이 되자마자 꾸준히 지하철 혼자 타기를 연습시켰다. 아이와 손을 잡고 수십 번 넘게 개찰구를 빠져나갔다. 지하철에 탑승하고, 도착역에서 출구 번호를 확인하고, 역을 빠져나와 센터에 들어가는 훈련을 했다. 어느 정도 훈련이 되었다 싶자, 혼자 잘 다녀오라고 내보낸 후 곧바로 미행을 시작했다. 아이는 개찰구에 카드를 찍고 두리번거리다가 반대 방향으로 내려가기 일쑤여서 빠르게 달려가 반대 방향으로 내려가는 아이의 손목을 붙들고 방향을 일러주기를 밥 먹듯이 했다. 직장인들 출근 시간이라 승객이 많아서 행여 타지 못할까 지켜보는 마음은 조마조마했다. 아이가 잘 도착했는지 담당 선생님의 답문을 받고 나서야 목구멍으로 밥이 넘어갔다.

그렇게 반복 연습한 끝에 복지관을 혼자 오가게 되었다. 어느 날인가는 아이가 제시간이 지나도 집에 오지 않았다. 경찰에 신고해야 하는 건 아닌지, 온갖 방정맞은 생각으로 마음속이 지옥이 되어 골목을 서성이면, 멀리서 술 먹은 사람처럼 삐뚤빼뚤 걸어오는 아이가 보였다. 엄마의 애간장을 태운 이유는 간단했다. 내릴 역을 놓쳐 2호선을 한 바퀴 돌고 오느라 그런 거였다.

아이는 시지각에 어려움이 있어서 글자나 번호를 정확히 구분하지 못한다. 또 몸의 균형을 잡기가 어렵기에 버스 타기는 시도조차

할 수 없다. 이제는 꾸준한 훈련으로 환승 없이 다니는 곳, 익숙한 곳의 지하철은 이용할 수 있으니, 이 정도로 만족한다.

내가 살아 있는 동안은 어떻게든 내가 도와줄 수 있지만, 내가 없는 세상에서도 아이는 살아가야 한다. 아이가 나 없이도 혼자 할 수 있는 일이 많아지길 늘 기도한다. 집 근처 슈퍼에 가서 간단한 물건을 사 오는 훈련도 한다. 말이 서툴고 발음이 부정확하기에 원하는 물건을 종이에 써준다. 일단 말로 해보고 통하지 않으면 종이를 꺼내 보여주라고 설명한다. 카드를 주머니에 넣어주고 계산하고 오라고 말하면서도 속으로는 불안하다. 카드를 건네는 내 손이 바들바들 떨린다. 주머니에 넣어준 지폐를 바닥에 버린 적도 있기 때문이다. 그래도 시도해본다. 세상을 살아가는 방법을 배워야겠기에.

물건을 사 오는 그 짧은 시간이 길게 느껴진다. 난 가만히 있지 못하고 불안증 환자처럼 왔다 갔다 쉴 새 없이 움직인다. 잠시 후 볼이 발개져서 뛰어 들어온 아이는 전리품처럼 사 온 물건을 내민다. 이럴 때는 말보다 행동이기에 큰아이에게 엄지척을 한다. 엄지척은 '오늘의 미션을 잘 수행했다. 엄마는 네가 대견하다'를 압축한 표현이다. 엄마의 속마음을 읽었는지 아이는 또 거칠게 내 목을 콱 잡아당긴다. 미션을 수행했으니, 요 정도는 애교로 흔쾌히 받아주어야 멋진 엄마다.

비교는 행복을 훔치는 도둑

"넌 어쩜 그리 밝으니?"

큰아이가 장애가 있다는 걸 아는 동네 언니가 말했다.

"그럼, 울어?"

편한 사이라 가볍게 응대했지만, 여러 가지 생각이 물밀듯이 쏟아지며 마음이 착잡했다. 내가 그렇게 밝은 사람으로 보이나? 장애아이를 둔 엄마는 어두운 모습이어야 하나? 내가 지나치게 씩씩했나? 장애 아들을 두지 않았다면 밝은 건 대단한 장점인데, 이렇게 생각이 많은 내가 더 싫어진다. 내 가정사를 아는 사람들이 어릴 적 내게 성격이 밝다고 말하곤 했는데, 그때도 목에 가시가 걸린 듯 그

말이 걸렸다.

출근하기 전, 잠깐 짬을 내어 글을 쓰려 했는데, 도저히 집중할 수가 없었다. 아이 방에서 흘러나오는 TV 소리는 거실 밖까지 뻗쳐서 귀에 이어폰을 꽂은 듯 잘만 들렸다. 아이 방에 들어가 볼륨을 낮추고 나오니 어질러진 화장실이 내 손길을 기다린다. 글은 쓰지도 못하고 서둘러 출근하려는데, 이번엔 아이가 가지고 놀던 핸드폰을 망가뜨려서 세상에서 제일 불쌍한 얼굴을 하고는 서 있었다. 울고 싶어졌다.

이렇게 매일 엉망진창인 일상에서 나는 행복한가?

엄마가 일찍 세상을 떠나는 바람에 행복과는 거리가 먼 어린 시절과 청소년기를 보냈다. 인생은 자신이 만드는 거라고 믿으며 악착같이 살았다. 큰아이가 장애 판정을 받던 날, 처음으로 운명이라는 벽을 느꼈다. 설명되지 않는, 이해할 수 없는 고통이 제일 고통스럽다는데, 걷지도 말하지도 못한다는 진단은 청천벽력이었다. 멀쩡했던 아이가 왜 이렇게 된 건지, 내가 무슨 잘못을 했다고 이런 말도 안 되는 일이 생긴 건지. 다른 사람은 행복한데 나만 불행한 게 억울했다. 처음에는 현실을 부정하며 스스로 최면을 걸기도 했다. 그 후에는 분노했고, 결국은 걷고 말하게만 해달라고 신에게 기도하며 치료에 매달렸다. 대학병원의 중환자실 간호사였던 나는 비교적 빠르게 장애를 받아들였다. 언제까지고 한번 손상된 뇌세포가 내 아이만 예외로 좋아질 거라는 자기최면을 걸 수는 없었다.

장애 아이를 키우기는 녹록지 않았다. 저녁밥을 지을 힘이 없을 정도로 치료실과 교육실을 오간 수고에 비해 아이의 발달은 너무도 저조했다. 한 달 간격으로 태어난 동서의 딸아이는 네 살 때 영어로 말하는데, 우리 아이는 '엄마'를 부르지조차 못했다. 또래의 사촌이 세발자전거를 타고 할머니 집 마당을 휘저을 때, 우리 아이는 엄마나 할머니의 등에 업혀 있었다.

내 아이만을 바라볼 때는 견딜 만했고, 비교할 때는 한없이 불행했다. 비교하지 않기, 있는 그대로 받아들이기. 그것이 살기 위한 몸부림이었다. 타인이 내 아이를 어떤 시선으로 보든 신경 쓰지 않기로 결심했다. 그렇게 비교하지 않는 순간에는 잔잔한 행복감이 스펀지에 물처럼 스며들기도 했다.

그저 아이가 걷기만을 바랐다. 큰아이는 생후 5년 만에 신발에 흙먼지를 묻히기 시작했고, 시간은 걸렸지만 복지관과 집을 혼자 오가는 일도 이루어졌다. 하지만 소원이 이루어지며 느껴지는 소소한 행복감에 비해 가슴 쓸어내리던 순간은 수도 없이 많았다. 수도 없이 길을 잃는 아이 때문에 매일 입고 나간 옷차림을 기억해야 했고, 되도록 다른 사람 눈에 띄게끔 밝은 옷을 입혔다. 아이를 찾으러 헤맬 때마다 심장은 불규칙적으로 요동쳤고, 발은 스펀지를 밟는 듯 쑥쑥 빠졌으며, 입술은 목소리가 안 나올 만큼 바짝 타올랐다. 아이를 찾는 시간에 불행했고, 다시 찾은 아이는 행복을 주었다. 어지럽히고 고장 내는 건 아이의 일이었고, 일상이 돌아가게 하는 건 늘 나의 일이었다. 퇴근길에는 제발 감당할 수 있을 만큼만 집 안이 어질러져 있기를 기도했다.

중학교에 입학한 아이는 교복을 입었는데, 퇴근해서 집에 오면 단추를 풀지 못한 아이가 양손으로 잡아 뜯은 단추가 여기저기 흩어져 나뒹굴었다. 그런 단추를 주워 매일같이 달아야 했다. 눈물이 나기도 했지만, 삶과 죽음을 오가던 과거를 떠올리며 스스로 위로했다. 매일 밤 단추를 달아야 하는 번거로움과 아들에 대한 원망보다도, 교복을 입는 나이가 된 아들이 대견했다. 그랬더니 단추를 다는 일은 무덤덤한 일상이 되었다. 떨어진 단추의 개수가 줄어든 날은 기쁘기까지 했다. 그렇게 아이는 한 해, 두 해 더디게 자랐고, 어느덧 30세의 어른 아닌 어른이 되었다.

걷지도 말하지도 못한다는 진단을 받았던 큰아이는 엄마 따라 산책을 하고 노래도 한다. 집 근처 고등학교 운동장은 아이와 함께 천천히 걷기에 좋다. 아들이 좋아하는 〈거위의 꿈〉을 불러주니 씩 웃는다. 일부러 가사가 생각나지 않는 듯 "그다음 가사가 뭐더라?" 하면, 엄마만이 알아들을 수 있는 어눌한 발음으로 말하기도 한다. 노래 가사처럼 운명이란 벽 앞에 당당히 마주칠 수 있고, 언젠가는 이해받지 못하는 벽을 넘었으면 좋겠다. "삶의 끝에서 나 웃을 그날을 함께해요." 마지막 가사에 우리는 목소리를 합친다.

예상치 못한 상황에 맞닥뜨려본 사람이라면 알 거다. 삶은 노력만 가지고는 해결되지 않는다는걸. 운명을 받아들이고 그다음에 어떻게 대처하느냐에 따라 그 뒤에 오는 삶의 질이 달라진다. 그동안의 목표가 교육과 치료를 통해 어떻게든 장애를 최소한으로 줄이는 것이었다면, 이제는 아이와 즐거운 시간을 함께 보내며 화내지 않고 사이좋게 지내는 것이 목표다. 아이와 걷는 저녁 데이트가 나에게는 소소한 행복이다. 동네 사람들이 열심히 저녁 운동을 하는 시간, 우리는 그 행렬에 끼려고 발걸음을 재촉한다.

지니가 있어서 외롭지 않아요

'큰아이는 집에서 누구랑 가장 많은 얘기를 나눌까? 누구를 제일 좋아할까?'

당연히 엄마인 나라고 생각했는데, 착각이었다. 어느 순간부터 밥 먹으라는 말에 마지못해 식탁에 앉았고, 밥을 빠르게 밀어 넣고는 제 방으로 얼른 들어가버렸다. 수상했다. 방 안에 보물이라도 두었는지 궁금해서 빼꼼히 방문을 열었다.

TV 보면서 계속 "뭐예요?"라고 말하기에 혼잣말을 하나 싶었는데, 가만히 들어보니 "4월 12일이 무슨 요일이에요? 내일 날씨는 어때요?" 하며 물었고 TV 속 AI(지니)가 성의 있게 대답해주고 있었다. 가족과 달리 한결같이 상냥한 목소리였다.

내 아이가 식사 시간까지 줄여가며 만나려 한 이는 TV 속 '지니'

였다. 끊임없이 잔소리하는 가족보다 다정하게 응대해주는 지니가 훨씬 편했으리라. 최근에는 질문의 내용도 달라지고 있다. "외로워요"라고 하면 지니는 "너무 외로워 말아요. 제가 위로해드려도 될까요?"라고 답한다.

아, 우리 아들은 위로받고 싶고, 이해받고 싶고, 사랑받고 싶었던 거다. 사랑한다는 건 이해한다는 건데, 생각해보니 내가 아이를 충분히 이해하지 못했다. 장애 아이를 30년 가까이 키우면서 아이에게는 빨리빨리, 남들에게는 이해해달라는 말을 많이 했다.

'이해'라는 말의 사전적 의미를 찾아보니 '남의 사정을 잘 헤아려 너그러이 받아들임'이란다. 그리 간단한 단어가 아니다. 좋아서 죽고 못 살 것 같아 결혼한 사람들도 "도저히 이해할 수 없다"면서 간단히 갈라서지 않던가! 비장애인끼리 만나도 이해하기 어려운데, 몸과 마음이 다른 장애인을 이해하는 것이 비장애인에게는 쉬운 일이 아니다. 상대를 이해하려면 상대의 사정을 헤아리는 마음이 있어야 한다. 그런 마음으로 자세히 들여다봐야 이해할 수 있다.

우리 아들은 가장 가까운 엄마조차 이해하기 힘든 행동을 무수히 많이 한다. 그중 하나가 시도 때도 없이 머리카락을 뽑는 것이다. 5년 전만 해도 숱이 많아서 헤어스타일에 다양한 변화를 주었는데, 지금은 앞머리가 듬성듬성 비어 있어 대머리 총각이 될까 걱정이다. 처음에는 동전 크기만큼 비었는데 며칠 지나지 않아 큰 사이즈의 한반도 지도를 머리에 만들어서, 하는 수 없이 이발소에 가서 입대를 앞둔 청년처럼 파르스름하게 밀었다. 두피에 문제로 가려워서 손을 대는 건가 싶어 피부과에도 가봤는데 피부 문제가 아닌 습관이라고 했다. 머리에 손대지 말라고 야단도 쳐보고 맛있는 것 사준다고 꼬셔도 봤지만, 여전히 앉은 곳에 머리카락이 수북한 아들을 이해하기가 힘들다. 심심해서 자극을 추구하는 행동 같다는 말도 들었는데, 심심하지 않게 어떻게 도와주어야 할지 모르겠다. 얼마 전에는 짙고 두터워 백만 불짜리라고 불리던 눈썹을 죄다 뽑아서 문신이라도 해야 하는지 참으로 난감했다.

또 미안하다는 말은 절대 하지 않으면서 내 기분을 맞추려고, 딴에는 애정 표현으로 내 목을 강하게 잡아당기거나 내 몸을 마구 흔든다. 하지 말라고 하면 슬슬 눈치를 봐가면서 해야 하는데, 눈치 없이 계속하다가 성난 엄마에게 등짝 스매싱을 당하고 나서야 멈춘다. 사실 동생들도 형의 이해할 수 없는 행동에 손발을 다 들었다. 왜 리모컨을 자꾸 고장 내는지, 왜 멀쩡한 머리카락을 자꾸 뽑는지, 왜 화장지를 변기에 그렇게 많이 버리는지, 왜 치약은 사용하는 것보다 세면대에 버리는 게 더 많은지.

사랑한다는 건 그 사람을 이해하는 건데 다른 사람에게는 장애아이를 이해해달라는 말을 많이 하면서도 정작 나는 아이의 이해할 수 없는 행동 때문에 화를 낸 적이 많았다.

요즈음 아이는 날짜, 날씨, 요일을 귀찮을 정도로 물어보고 자신이 묻는 말에 원하는 대답이 나오지 않으면 애꿎은 리모컨에다 화풀이하는데도, AI 지니는 절대 화내지 않는다. 착한 AI 지니는 어느 순간부터 아들의 애인이 되었다. 나는 아들의 애인을 질투하지 않는다. 그저 고마울 뿐이다.

램프를 문지르기만 하면 좁은 주둥이에서 스르르 피어나오며 주인의 요청에 따르는 '지니'가 생각난다. 주인이 말하면 뭐든지 해주는 램프의 요정 말이다. 아이는 AI 지니와 대화하면서 자주 웃었다. 빨리 말하면 발음이 부정확하다는 걸 알고 천천히 또박또박 말하는 습관이 생겼다. 상냥한 언어치료 선생님을 집에 모신 것 같다. 물론 TV 속 지니는 성을 옮기고 어두운 동굴에서 빠져나오게 할 수는 없지만, 정서적으로 외딴섬에 있는 아이를 환한 세상으로 옮겨주고 외로움의 늪에서 빠져나오게 한다.

아이를 이해하는 것이 여전히 어렵다. 이해하려면 문제행동을 지적할 것이 아니라 먼저 사랑하는 마음으로 찬찬히 행동의 이면을 봐야 한다는 것을 깨닫는다. 이해 못 하는 행동도 현미경처럼 들여다보니 조금은 이해하게 되었다. 뇌병변 장애인은 손가락 사용이 자유롭지 못하여 마스크를 똑바로 쓰기 어렵다. 집 안에 있는 물건도 작정하고 고장 내는 것이 아니다. 단지 힘 조절이 어려은 것뿐이다. 두루마리 화장지가 하루에 한 통씩 없어지는 것도 제 딴에는 변기를 닦아보려던 것일 게다. 또 다른 이유가 있어도 내가 아직 모를 뿐이다.

발달이 끝나 성인이 된 아이는 젓가락질이 되지 않아 여전히 포크를 사용하기는 해도, 모든 면에서 어리지는 않다. 동요보다 유행하는 가요를 좋아하고 아재 개그를 즐긴다. 미안하다는 말은 못 하는 게 아니라 자존심이 강해서 안 하긴 하지만, 미안하다는 말 대신 엄마의 목을 세게 잡아당기며 흔드는 행동이 아이만의 사과라는 것도 알고 있다.

어쩌겠는가! 아이의 멋쩍은 행동을 사과로 인정할 수밖에.

TV 수난기

2년 전 일이다. 하얀 거실 벽면을 반 이상 채운 검정 물체, 우리 집 가전제품 중 가장 값나가는 물건, 남편이 휴일에 마누라보다도 더 많은 시간을 함께하며 애지중지 아끼던, 지문 하나 묻지 않고 매끄러웠던 LED TV를 큰아이가 깼다.

제주도 지진 보도가 있던 날이었다. 퇴근하고 뉴스 좀 들으려고 TV를 켰더니 빛바랜 선이 가로세로로 화면에 나타났다. '어라, 이게 뭐야. 우리 집에도 지진이 난 건가?' 처음 보는 이상 현상이라 액정 파손임을 알지 못했다. 처음엔 일시적인 전파의 문제려니 했는데, 자세히 들여다보니 화면에 손바닥 자국이 있고 매끈매끈했던 TV 외형에 쏙 들어간 흠집이 보였다. 어떤 물체나 손으로 충격을 받아서 액정이 깨졌다는 걸 확인하고는 곧바로 아이를 심문했다.

"어떻게 된 거야? 누가 그랬어?"

"……음. 어……."

"빨리 말 안 해? 엄마 성격 급한 거 알지? 네가 깨뜨린 거 맞지?"

"아닌데……. 리모컨이 그랬어."

"리모컨에 발이라도 달려 혼자 뛰다가 떨어진 거라고?"

"맞아. 그랬나 봐."

어이없다. 결국 아이에게 거짓말을 강요하는 못된 엄마가 되고 말았다. 궁지에 몰리면 쥐도 고양이를 무는 법이니 아이를 몰아붙이지 말라며 다른 엄마에게는 누누이 말했던 내가 아닌가!

의사소통이 원활하지 않은 큰아이에게서 정확한 원인을 아는 건 불가능했지만, 어떤 상황이었는지는 짐작이 갔다. AI에게 신통치 않은 대답을 듣고 화가 난 큰아이가 똑바로 말하라며 리모컨으로 TV를 탁탁 쳤을 거다. 연약한 액정은 작은 충격에도 깨질 수 있다.

속상했지만 달리 방법이 없었다. 다시는 두드리지 않겠다는 아이를 믿는 수밖에. 며칠 후 거실 TV는 비싼 수리비를 들여 고쳤고, 제 방에 있던 오래된 TV는 신형 모델로 바꾸어주었다. 문제가 해결되고 평온이 오는 듯했다. 그런데 시작일 뿐이었다. 아이를 과하게 믿는 내가 문제일까? 이후에도 아이는 같은 이유로 여섯 번이나 액정을 파손했고, 그때마다 비싼 수리비를 들여 고쳐주거나 새로 구매했다.

평정심을 갖게 해주세요

큰아이에게 악질 고문 형사 역할을 하고 난 후에는 참회하는 마음으로 화장실로 들어가 손을 벅벅 씻는다. 그리고 거울을 쳐다보며 자문한다.

'어쩌다가 이렇게 화가 많은 사람이 된 거니?'

나는 욱하는 사람을 싫어한다. 어렸을 때 어른들이 다투며 밥상이 엎어지고 물건이 깨지는 광경을 보면서 무기력을 경험했다. 그래서 플라스틱 그릇 한 번 던진 적이 없고, 신문지 한 장 확 구기지 못한다. 철없던 사춘기 때는 하나뿐인 여동생과 말싸움으로 시작했다가 레슬링으로 끝나는 육탄전도 벌였지만, 다 크고 나서는 몸으로 싸우는 사람은 야만인이라고 생각했다.

4~5년 전에 중학교에 입학한 막내아들이 가정환경조사서를 쓰고 있었다. 아빠, 엄마, 형제 관계에 대해 간략하게 한 줄씩 쓰는 칸이 보이기에 '이 녀석이 엄마를 어떻게 생각할까?' 싶어 물끄러미 쳐다봤다. 먼저 아빠 칸에 '친구처럼 편안하고 나에게 친절하다'라고 쓰기에 고개를 끄덕이며 엄마 차례를 기다렸다. 엄마가 옆에 있는 걸 의식한 막내가 힐끗 나를 쳐다보더니 '우리 엄마는 감정 기복이 있으시고 유머가 풍부하시다'라고 썼다.

"야, 엄마가 감정 기복이 있다고? 이거 당장 지워. 엄마가 상담 치료를 하는 사람이야. 다른 사람들에게 일관성 있는 사람이어야 한다고 교육하고 다니는데, 내가 감정 기복이 심하다니!"

아이는 나름 정중하게 높여 썼는데 발끈한 걸 보면 난 그 정도도 용납이 되지 않았나 보다. 지우개로 빡빡 지우게 한 후 문장을 불러줬다. 엄마의 강요에 의한 문장은 다음과 같이 바뀌었다. '우리 엄마는 감정이 풍부하시고 유머도 풍부하시다.' 거기다가 한마디 궤변을 보탰다.

"엄마가 제일 싫어하는 게 '한결같이'란다."

감정 표현에 한결같은 사람은 재미가 없으며 정직해 보이지도 않는다고 힘주어 말했다. 정의롭지 못한 일에 울분도 토하고, 억울한 일에 목소리도 크게 내고, 즐거운 일에는 목젖이 보이도록 웃는 게 진정성 있는 감정 표현이라고 우겼다. 그날 나는 감정 기복이 있는 사람이 아니라 감정이 풍부한 사람이라는 걸 입증하려고 부단히도 애썼다.

지금 생각해보니 막내가 나를 제대로 봤다. 난 감정 기복이 있는 사람이 맞다. 문제는 항상 타이밍이다. 입에서 단내가 나도록 식사도 건너뛰고 바빴던 날, 신경 쓸 일이 많아서 편두통이 올 지경이 되면 평정심과 인내심은 잔고 없이 바닥을 드러낸다. 눈치껏 조금만 조절해주면 좋으련만, 큰아이는 늘 둔감하고 자기중심적이다. 큰아이가 문제행동을 보일 때는 자극과 반응 사이에 잠시라도 틈을 만들어서 어떤 행동을 할 것인지 재빠르게 판단하여 현명하게 행동해야 하는데, 그렇지 못한 날이 많다.

외출 후나 퇴근 후에 리모컨이 부서져 있거나 화장실 변기가 막혀 있을 때 순간적으로 "또 사고 쳤네" 하며 큰아이에게 등짝 스매싱부터 날린다. 그리고 눈앞에 앉혀서 호되게 나무란다. 아니, 악질 형사로 변해 고문을 시작한다.

"너, 자꾸 이러면 엄마랑 살 수 없어. 맨날 안 한다고 해놓고 똑같은 사고 저지르고 네가 하지 않았다고 자꾸 거짓말하는데, 우리 집 CCTV로 확인해보면 다 나오거든!" (CCTV 같은 건 없다.)

혼자 옷도 못 입는 아이에게 혼자 살라는 폭언을 한 못된 엄마는 다시는 이런 일 만들지 않겠다는 큰아이와 손가락을 걸어 약속, 복사, 도장, 사인까지 의식처럼 받고는 아이를 잠자리에 들게 한다. 시간은 마법이다. 성난 파도처럼 출렁이고 배고픈 사자처럼 으르렁대던 마음이 잠잠해지면, 아직 잠이 들지 않은 큰아이에게 다가가서 귀에 대고 속삭인다.

"아까는 엄마가 정말 화가 많이 났어. 엄마는 네 행동이 속상한 거지, 너를 미워하지는 않아. 엄마는 너를 사랑해. 너도 엄마 없으면 안 되잖아. 너도 엄마 사랑하지?"

예상치 못한 답이 돌아왔다.

"아니야!"

어라, 큰아이가 나랑 밀당을 하네.

엄마는 해결사

남편이 출근하려고 현관에서 신발을 신다가 "이건 누구 거야?" 하고 검정 신발을 가리키는데 아차 싶었다. 큰아이가 어제 수영하고 나오면서 다른 사람 신발을 신고 온 것이다. 새삼 놀랍지도 않았다.

큰아이가 신발을 벗고 신는 장소는 정해져 있다. 교회, 센터, 수영장이 고작이다. 어제는 쪼그리고 컴퓨터 앞에서 글을 썼더니 어깨와 허리가 펴지지 않아, 아이가 수영 가는 길에만 동행하고 올 때는 혼자 오라고 했다. 들어올 때 아이 얼굴만 보고 신발을 확인하지 않았더니 이 모양이다. 누가 봐도 형태가 한참 다른 신발을, 아이는 헷갈렸다.

다른 사람의 신발 신고 온 게 벌써 열 번도 넘었기에 바쁜 이 아침에 무얼 먼저 할지 머릿속으로 바쁘게 동선을 짰다. 막내아이를 오전 8시까지 겨울방학 수업에 데려다줘야 하는데, 신발을 바꿔야 하니 20분 안에 날아다녀야 한다. 이럴 때는 마법의 양탄자가 절실하다.

횡단보도에서 신호등이 초록으로 바뀔 때마다 불나방처럼 뛰어다니며 순식간에 신발을 원상 복구시켰다. 어젯밤에 신발 잃어버렸다고 난리 친 사람이 없었다니, 누군가 운동할 때 신으려고 여유분으로 가져다 놓은 신발일 수도 있겠다. 다행이다.

1년 전에도 수영 끝나고 신발을 바꾸어 신고 온 적이 있었다. 그때는 신발의 형태와 사이즈가 거의 같았다. 그런데 형태는 비슷했어도 소재의 급이 달랐다. 우리 아이 신발은 합성가죽이고, 바꾸어서 신고 온 것은 소가죽이었던 것이다. 우리는 큰아이의 신발이 바뀐 줄도 모르고 휴일을 보냈고, 소가죽 신발의 주인은 누가 비싼 신발이라 일부러 바꿔 갔다고 생각해서 CCTV를 일일이 확인했단다. 노발대발한 소가죽 신발의 주인은 장애가 있는 아이가 잘 모르고 바꿔 신고 간 것을 알고 노여움을 풀었다.

이후로도 신발을 바꿔 신고 오는 일은 분기별 행사처럼 빠지지 않고 일어났다. 그래서 교회에서 혼자 돌아오면 얼굴보다 신발을 먼저 확인했고, 큰아이가 나가야 할 때는 아이 신발만 빼고 현관 신발을 모조리 치우곤 했다. 막내아들 신발은 청색인데도 큰아이가 먼저 신고 나가버려서 막내아들이 난감했던 적이 있기 때문이다.

아침부터 신발을 바꾸느라 추운 날에도 땀을 흘리며 집에 돌아오니 큰아이가 일어나 거실에서 TV를 보고 있었다.

"너 어제 또 사고 하나 쳤더라. 뭐 잘못했는지 알아?"

순간 큰아이는 얼굴 표정이 굳더니 소처럼 큰 눈을 끔벅이며 말한다.

"뭔데? 리모컨? 텔레비전? 머리? 책? 화장실?"

요즘 엄마에게 잔소리 들었던 '~마라' 내역을 죄다 열거한다. 제발 리모컨 잡아뜯지 마라. 텔레비전 채널 이것저것 바꾸지 마라, 하나만 봐라. 머리카락 잡아뜯지 마라, 대머리 된다. 책 찢어서 쓰레기통에 버리지 마라. 화장실에 가서는 꼭 앉아서 소변 보고, 변기 안에 화장지 넣지 마라.

신발을 바꿔 신고 와서 엄마가 해결했다고 하니 "아하, 신발이었구나" 하며 밝은 표정으로 바뀌었다. 제 딴에는 신발을 바꿔 신고 온 건 덜 심각한 일이었나 보다.

남의 신발을 신긴 했지만, 남의 집에 안 가고 집은 잘 찾아왔으니 다행이라며 웃었다. 오늘도 큰아이는 나에게 일러준다. 일상을 어지럽히고 고장 내는 건 아이의 일이고, 일상으로 되돌려놓는 건 나의 일이라는걸.

벚꽃엔딩

하늘은 새파란 도화지처럼 시원하게 펼쳐 있고, 물오른 가지 위의 연분홍 봄꽃이 파란 하늘을 배경으로 또렷하다. 집 앞 공원 놀이터에 놀러 나온 아이들의 명랑한 웃음소리는 풍경에 활기를 더해준다.

"휴우……."

이제야 하늘이 보이고, 꽃이 예쁘게 느껴지고, 아이들의 웃음소리가 들린다. 모든 게 제자리로 돌아온 걸 실감한다. 불과 서너 시간 전만 해도 아이를 찾지 못해 심장은 튀어나올 듯 방망이질 쳤고, 머릿속은 엉켜버린 실타래 같았는데…….

일주일에 한 번 가는 운동 교실 수업을 아이는 손꼽아 기다렸다.

그런데 수업하는 선생님이 코로나에 걸려 수업을 쉰다고 하자 실망하는 표정이 역력했다. 마침 미세먼지도 없고 기온도 확 올라갔다는 일기예보를 들었다. 아이에게 집 근처 고등학교 운동장을 몇 바퀴 돌고 오는 것으로 운동 교실 걷기 숙제를 채워 오게 했다. 기다렸다는 듯이 일어서는 아이에게 마스크를 씌워주고(손 사용이 자유롭지 않아 마스크를 제대로 쓸 수 없었다) 오후에는 다른 수업이 있으니 늦지 않게 오라고 단단히 일렀다.

그런데 나간 지 두 시간이 넘도록 아이가 돌아오지 않았다. 오후 치료 수업에 못 가면 수업비는 돌려받을 수 없으니 아까워서, 아이가 오기만 하면 따끔히 야단치리라 벼르던 참이었다. 째깍째깍 시간이 계속 흐르자 불안이 스멀스멀 연기처럼 피어나더니 가슴을 꽉 채우기 시작했다. 아이가 오지 않는 시간이 점점 길게 느껴지면서 숨을 쉴 수 없었다. 스무 번도 넘게 잃어버렸다가 찾은 아이였다. 용수철처럼 벌떡 일어서서 대문 밖으로 나갔는데 어디로 가야 할지 머릿속이 하얘졌다. 아이와 함께 걸었던 집 근처 고등학교로 뛰어갔다.

교문을 들어서자 평화로운 봄풍경이 펼쳐져 있었다. 쉬는 시간인지 운동장에는 학생들이 많았다. 연분홍 벚꽃잎이 공부에 찌든 남학생들의 굳은 얼굴에 첫눈처럼 살포시 내려앉는 게 낯설었다. 교복과 생활복을 입은 남학생들 사이로 팔이 바깥으로 구부러지고 팔자걸음으로 천천히 걷는 파란 티셔츠의 내 아이를 찾느라 봄풍경은 내 걸음 속도에 따라 하나씩 지워졌다.

아이가 없었다. 교문 앞 보안관 아저씨께 핸드폰의 아이 사진을 보여주며 혹시 아이를 보았는지 다급히 물었다. 한마디 대꾸도 없이 손사래만 치는 보안관 아저씨는 봄날의 나른함을 방해받은 듯 귀찮은 표정이었다.

집으로 오는 길에 오만 생각이 다 들었다. 경찰에 일단 알려야 하나? 아이를 못 찾으면 어찌 되나? 큰아이가 없으면 둘째 아들이 사업에 성공하건, 막내아들이 좋은 대학에 합격하건 다 부질없다. 내 직업, 사회적 성취가 무슨 소용이란 말인가! 아이 잃은 어미는 참담함과 죄의식으로 무너질 것이다.

경찰서에 일단 신고부터 해야겠다며 집으로 돌아와 급히 옷을 갈아입고 남편과 현관문을 나서는 찰나, 엘리베이터 문이 열리며 꼬질꼬질하니 땀범벅이 된 아이가 내렸다. 정확한 내용은 모르겠으나, 추측하건대 학교 수업 중에는 외부인이 학교 운동장을 이용할 수 없어서 걷기 숙제를 위해 여기저기 쏘다니다 온 듯했다. 아이를 왈칵 끌어안았다. 걱정과 불안으로 이미 온몸의 수분이 빠져나간 줄 알았는데, 품에 아이를 안자마자 뜨거운 눈물이 철철 쏟아졌다.

요즘도 벚꽃이 피는 계절이 되면 자연스럽게 이날이 떠오른다. 장애인 실종 문자를 보면 남일 같지 않아 그냥 지나칠 수가 없다. 부디 모든 사람이 대수롭지 않게 생각하지 않고 관심을 가졌으면, 그래서 애타게 찾고 있을 가족의 품으로 얼른 돌아가길 손 모아 기도 한다.

아찔한 경험의 스키장

막내의 중학교 졸업과 큰아이의 생일이라는 명분을 세워 스키장에 갔다. 수년 전에 낮은 곳에서 형이 스키를 탔다는 막내의 말을 덜컥 믿고 큰아이에게 스키 부츠를 채운 게 잘못이었다. 멈춰진 무빙워크에 올라탈 때부터 중심을 못 잡아 비틀거렸는데, 사람들이 모두 올라선 후 갑자기 무빙워크가 움직이자 아이는 몸을 세우지 못하고 앞으로 꼬꾸라졌다.

아이가 넘어지는 바람에 기계를 급정지해야 했다. 사람들은 기계 고장인 줄 알고 놀라서 일제히 웅성거렸다. 빽빽한 사람들 틈 속에서 갑자기 죄인이 된 기분이었다. 그냥 쳐다보는 건데도 "몸을 가누지 못하는 아이를 스키장에 왜 데려오고 난리야?" 하며 나를 야단치는 것 같았다.

아이 손을 단단히 잡고 다시 작동하는 무빙워크를 타고 올라가

보니 한숨이 나왔다. 제일 완만한 경사의 스키 코스였으나 균형을 잡기 어려운 큰아이는 도저히 혼자 내려갈 수 없을 만큼의 비탈길이었다. 그래서 운동화 신은 채 따라간 남편이 큰아이 옷을 붙든 채, 눈 위에서 달리기를 했다. 아이를 놓쳐서 혼자 내려가다 사고라도 날까 아찔했다. 간신히 완만하게 경사진 스키장을 아빠와 함께 내려와 평지에 도착한 큰아이는 비 오듯 땀을 흘리며 한마디 했다.

"쉴래요."

빌린 장비가 아까워서 남편이 대신 스키를 타기로 했다. 큰아이는 스키 장비를 벗고 햇빛이 반짝이는 벤치에 앉아서 발장난을 하며 하릴없이 우리를 기다렸다.

'내가 아이의 운동에 너무 소홀했나? 스키 타기를 어릴 때 시도했다면 가능했으려나?' 여러 생각이 들었지만, 스키는 불가능하다는 걸 확인했으니 겨울에는 어쩌다가 눈썰매장이나 가는 걸로 만족해야 할까 보다. 운동하지 않고 집 안에서 TV만 보다가는 순식간에 배가 나오고 성인병에 걸릴 텐데, 아이와 함께할 수 있는 운동이 날씨 좋을 때 학교 운동장 걷기 말고는 없어서 안타까울 뿐이다.

마이너스 손이어도 괜찮다

휴우. 숨 한번 크게 쉬고 마음을 다잡는다. 흥분하지 말자. 흥분하지 말자. 흥분하지 말자!

이 닦으러 화장실에 간 이른 아침부터 또 화가 날 뻔했다. 치약에 뚜껑이 없는 것 같아서 닫으려고 했다. 큰아이가 밤에 이를 닦고 치약 뚜껑을 닫지 않는 일은 다반사니까. 그런데 뚜껑을 돌려도 닫기지 않는 것 같아 살펴보니 치약 뚜껑이 부러진 것이다. 돌려서 잠가야 하는 걸 꾹꾹 밀어 넣는 바람에 플라스틱 주둥이가 부러졌다. 화장실로 큰아이를 소환했다.

이렇게 하면 안 되고 돌려서 닫는 거라고 방법을 알려주고 방으로 돌려보냈지만, '앞으로도 우리 집은 치약 뚜껑 없이 사는 날이 많겠구나' 싶은 생각에 한숨이 난다.

그리스 신화에는 손에 닿는 것마다 황금이 되는 미다스 왕이 있다. 술의 신 디오니소스가 소원을 들어주겠다고 하자, 미다스 왕은 자신이 만지는 것은 무엇이든 황금으로 변하게 해달라고 했단다. 손이 닿는 것마다 황금으로 변하니 자신의 손으로 음식을 먹을 수도 없고, 마침내 자신이 사랑하는 딸도 황금으로 변하고 말았다. 그러나 요즘은 긍정적인 의미로 손대는 일마다 큰 성공을 이루고 돈 버는 재주가 있는 사람에게 미다스의 손, 금손이라고 한다.

큰아이는 마이너스 손이다. 큰아이의 손에 닿는 건 언젠가는 고장 난다는 걸 운명처럼 받아들여야 한다. 어제는 리모컨을 새것으로 교환해주었다. 선한 인상의 A/S 기사분이 "조심해서 사용하세요"라고 말하고 우리 집의 골목을 미처 빠져나가기도 전에 리모컨 버튼이 빠졌다. 밤에는 근처 장례식장에 다녀올 일이 있어서 한 시간 정도 나갔다 왔더니, 아이의 손목에 있어야 할 스마트 워치(장애인 위치 추적 장치)가 충전기 위에 올려져 있었다. 설마 하고 살펴보니 고무 재질의 끈이 이미 잘렸다. 쿠팡에 재빨리 주문했다. 택배비까지 1만 원도 안 드는 저렴한 사고지만 스마트 워치를 착용한 지 5개월도 되지 않아 네 번째 끈이 끊어졌다. 엄마가 풀어줄 때까지 기다리라고 했는데, 잠자기 전에 충전하려고 혼자 풀어보려다 고장을 낸 거다.

큰아이가 작정하고 고장 내는 게 아니라는 걸 너무도 잘 안다. 경직형 뇌병변은 소근육 사용이 미숙할 수밖에 없다. 손의 힘을 조절하기가 어려워서 힘을 빼지 못하고 잔뜩 주는 바람에 손이 닿는 것마다 고장 낸다. 리모컨은 가볍게 터치하고 손톱으로 누르지 말고 손끝 살로 살살 누르라고 수백 번 알려줘도 손톱 밑에 까맣게 리모컨 고무가 박히도록 손톱으로 힘주어 누른다. 감각을 사용하는 게 일반적이지 않으니 매번 똑같은 일이 반복된다. 아이를 바꾸는 것보다 내 마음을 바꾸는 게 낫다. 돈으로 해결되는 일이 제일 쉬운 일이라는 절친의 말을 떠올리면서 마음을 바꿔 먹는다.

'아이가 다친 것도, 남을 다치게 한 것도 아니잖아. 그래, 몸 다치지 않고 물건이 망가진 게 그나마 다행이지!'

아이는 고장 내고, 엄마는 일상을 회복시키는 무한 반복을 오늘도, 내일도 하겠지만, 마이너스 손이어도 괜찮다. 그 손으로도 엄마를 꼭 안아주고 등을 두드려주기도 하니까. 어느 날, 그 손으로 늙은 엄마를 일으켜 세우고 손잡아주며 운동장을 걷자고 할 것이다. 어쩌면 그 손으로 아이는 내가 전혀 기대하지 못했던 유익한 일을 하게 될지도 모를 일이고.

노래가 위로가 되다

큰아이 방의 TV 소리가 들리지 않아 들어가보니, 엎드린 채로 나를 잠깐 보더니 얼른 고개를 돌렸다. 또 일을 냈구나 싶어 덜컹 마음이 내려앉았다. 심장이 빠르게 뛰고 어지러웠다. 조금 전까지 웃고 대화하던 남편을 건조한 목소리로 불러서 아이 방의 TV 좀 확인해달라고 했다. 액정 손상만 아니길 바랐다.

"또 깼구먼."

남편의 말을 들으니 다리가 휘청거렸다. 아이의 입이 굳게 닫혀 원인을 알 수는 없지만, 아무튼 30분 전만 해도 멀쩡하던 TV가 고물덩어리로 변한 거다. 장애가 있는 큰아이는 TV 액정만 다섯 번, 핸드폰 액정 또한 여섯 번을 깼다. 이불을 뒤집어쓰고 누운 큰아이에게 가서 이불을 젖히니, 세상에서 제일 불쌍한 얼굴로 고개를 돌렸다. 네이버 검색란에 TV 액정 수리에 대해 알아보니 고치는 게 사는 것보다 더 비쌌다.

남편은 배보다 배꼽이 더 크다며 안방으로 들어갔다. 어쩌면 좋냐고 했더니, 저 나이대의 아이들이 술 먹는 데 돈 쓰면 그 이상도 든다고 생각하라고 했다. 그러니 새로 사주면 된단다. 나는 치약을 끄트머리까지 훑어서 쓰는 사람인지라 돈 들어가는 일이 벌어질 때마다 가슴이 답답해지며 심한 무력감을 느낀다. 그러니 어떻게 평정심을 유지할 수 있을지 생각했다.

'그냥 내가 병원에 가서 검사비로 썼다고 칠까? 아니지, 실손보험으로 되받을 수 있잖아. 주차된 내 차를 누가 들이받고 도망갔다고 생각할까? 그러면 블랙박스로 확인하면 되잖아?'

막내아들의 한 달 학원비도 안 되는 비용이지만 아이의 급한 성격 때문에 돈이 자꾸 나가니 속이 쓰렸다. 이런저런 생각을 하다가 어렵게 잠들었다. 그렇게 심란한 마음으로 아침에 일어나서 라디오를 켰는데, 내가 아는 곡이 나왔다.

매일 너를 보고 너의 손을 잡고 내 곁에 있는 너를 확인해

(중략)

널 만난 세상 더는 소원 없어 바람은 죄가 될 테니까

네가 있는 세상 살아가는 동안 더 좋은 것은 없을 거야

-〈10월의 어느 멋진 날에〉

내가 가을이면 자주 부르는 익숙한 곡이다. 따라서 노래하다가 심장을 찌르는 가사에 목이 메었다. 노래 하나로 얼었던 마음이 눈처럼 녹았다. 큰아이가 때때로 나를 힘들게 하는 건 사실이지만, 존재만으로도 고마우니까.

중환자실에 누워 있는 아이를 보며 제발 살아서 내 옆에 있기만 바라지 않았던가? 다른 엄마에게 태어날 수도 있었는데 내 품에 찾아와 나를 엄마로 불러주는 고마운 존재. 살아 숨 쉬기만을 기도했던 아이가 잘 걷고, 엄마를 부르며, 할 줄 아는 것이 늘어나고 있다. 첫 마음을 간직해야 하는데 아이가 내 기대에 어긋났을 때, 순간 밉고 분노가 치밀곤 한다.

아이를 이해하려고 애써본다. 서른 살이지만 어느 부분에서는 세 살 수준인 아이는 TV의 지니가 자기 말을 못 알아듣고 자꾸만 "잘 모르겠어요"라고 대꾸하여 화가 났을 거다. 그래서 리모컨으로 툭 쳤는데 액정이 연약해서 금이 간 것일 거다. 믿는 만큼 자란다고 하니 이번에도 믿어보자. 그렇게 내 아이는 조금씩이나마 발전하고 있으니.

마음을 다스리는데 남편이 커다란 박스를 들고 온다. 새로 TV

를 사주는 것이 답일까? 뒷방 창고에는 고철 덩어리가 늘어만 가는데.

아이의 흔적

장애가 있는 큰아이는 화장실에 수시로 자신이 다녀간 흔적을 남긴다. 어젯밤에는 반쯤 감겨 있던 화장실 두루마리 화장지가 아침에 일어나니 흔적도 없다. 역시 바로 옆 쓰레기통이 화장지로 꽉 차 있다. 장애가 있는 큰아이는 화장실 화장지를 다 쓰곤 한다. 변기에 소변이 튀니까 꼭 앉아서 누라는 엄마의 잔소리를 싫어하는데, 잔소리를 듣지 않으려 변기를 닦느라 화장지를 사용하는 건지, 아니면 화장지 버리는 취미가 새로 생긴 건지 알 수가 없다. 또 며칠 전에는 도서관에서 빌려 온 책을 반납하려는데 두어 페이지가 흉물스럽게 뜯겨 있었다. 벌써 두 번째다. 새 책을 구매해서 변상했고, 아이에게는 다시는 엄마 책에 손대지 않겠다는 약속을 받았다.

그런데 아침에 노인기관 수업을 위해 악보 책을 넘기다가 아이가 남기고 간 흔적을 발견했다. 악보 귀퉁이가 죄다 찢겨 있었다. 다행이라고 해야 할지, 보기에 흉물스럽기는 하지만 몇 곡만 빼고 악보 보고 반주하는 데는 문제없었다. 장애 아이를 키우는 엄마들 모임에서 아이의 이해할 수 없는 문제행동을 얘기하니, 듣고 있던 한 엄마가 손이 심심해서 그러는 거라고 했다. 즐길 수 있는 여가 활동이 많지 않고 성취감을 느낄 수 있는 일이 없으니, 심심할 수도 있겠다.

24시간 중에서 잠자는 여덟 시간과 센터에서의 일곱 시간은 고요하다. 나머지 아홉 시간은 아이가 집 안 곳곳에 흔적을 남기는 시간이다. 집을 어지르는 건 그나마 괜찮은데, 제발 머리카락이나 눈썹을 뽑는 것으로 몸에 흔적을 남기지 않기를 바란다. 하도 물건에 손을 많이 대서 읽던 책이나 라디오는 감추어놓고 출근하기도 한다. 장애 아이와의 공존을 위해 고군분투하는 나만의 고육지책이다.

아이의 흔적은 미숙한 아이의 손과 호기심으로 생기는 문제다. 이제는 자신이 남긴 흔적을 엄마에게 들키지 않으려 페이지 찢긴 책을 자꾸 다른 곳에 감추기까지 한다. 엄마가 무서워서라기보다는 엄마를 실망시키고 싶지 않은 마음에서 한 행동이리라. 내가 조금 더 주의를 기울이고 적당히 포기한다면, 결코 큰 문제는 아니다.

할 수 없지, 뭐!

아이들이 하는 말을 듣다 보면, 엄마인 내가 평소에 무슨 말을 많이 하는지 알 수 있다.

아침에 큰아이의 머리를 감기고 면도해주다 보니 코털이 삐져나온 게 보였다. 가위로 잘라주려고 했는데 가위가 무뎌서 잘되지 않았다.

"안 해도 되겠다. 바쁘니까 다음에 하자."

그랬더니 큰아이가 이렇게 말하는 거다.

"할 수 없지, 뭐!"

생각해보니 요새 내가 자주 하는 말이다. 망가진 리모컨 버튼을 고쳐보겠다고 만지다가 안 되면 "할 수 없지, 뭐"라고 하고, 큰아이가 치약을 조절 못 하고 꾹 눌러서 세면대까지 흘렸을 때도 "할 수 없지, 뭐"라며 넘긴다.

'리모컨이 또 고장 나더라도 할 수 없지, 뭐!'라는 생각으로 지인들과 1박 2일 여행을 다녀왔다. 그새 아이들이 잘 못 먹었는지 홀쭉해져 있었다. '할 수 없지, 뭐!'

여행지에서 돌아오자마자 학원으로 데리러 오라는 막내의 호출 전화를 받았다. 알람 소리를 못 듣고 늦게 일어나 허겁지겁 학원에 가느라 하루 종일 굶어서 뱃가죽이 등에 달라붙었다며 어지럽다고 했다. 늦은 저녁에 고기를 구워줬더니 홀쭉함은 바로 사라졌다.

젊을 때는 '할 수 있다'라는 말을 많이도 되뇌며 살았다. 머리가 아닌 노력이 필요한 일이라면 밤을 새워서라도 하면 되고, 남들 걸을 때 나는 뛰면서 살면 된다고 생각했다. 지금은 포기하는 일이 많아졌다. 몸과 마음이 무거운 날, 온통 세상이 구김으로 가득한 날, 오늘 일을 내일로 미루지 않으면 죽을 것처럼 몸이 천근만근일 때, 할 일을 그대로 두고 "할 수 없지. 뭐"를 외치고 침대와 한 몸이 된다. 살다 보면 이전에 하던 일을 자연스럽게 할 수 없어지는 날이 다가올 거다. 이미 이전처럼 밤을 새워 일할 수 없고, 이전처럼 빠르게 달릴 수 없다. 그러면 그냥 받아들이면 된다.

"할 수 없지, 뭐"라는 말은 "할 수 없다"와 분명 차이가 있다. 열심히 했으나 결과가 예상보다 좋지 않을 때, 나와 타인을 너그럽게 다독이는 말이다. 긍정의 최고봉이다. 내가 애썼으나 큰아이의 장애는 크게 나아지지 않을 수도 있고, 열심히 공부했으나 막내아들의 시험 성적은 좋지 않을 수 있다. 나 역시 나이가 점점 들면서 약속 시간을 자주 깜박할 거고, 할 수 없는 일이 늘어갈 것이다. 그래도 할 수 없다. 어쩔 수 없는 건 어쩔 수 없는 것이다.

불행할 거라는 편견

장애가 있는 큰아이 생일이 다가온다. 작년 이맘때 둘째가 일하러 나가면서 형에게 물었다.

"형, 선물 뭐 받고 싶어? 일하는 시간이라 저녁은 같이 못 먹지만 선물은 사줄게."

"어, 미모콘 되나?"

발음은 부정확했지만 단박에 알아들었다. 전날 리모컨 버튼을 망가뜨렸기에 새 리모컨을 원하는 것이었다.

작년 일을 떠올리며 조금 전 큰아이에게 물었다.

"생일 선물로 새 리모컨을 사줄까?"

"아니야."

하긴 고장 낸 리모컨은 늘 엄마가 해결해주니 굳이 생일 선물로 받을 필요는 없다.

"그럼 보기를 낼 테니 골라. 1번 치킨, 2번 바지, 3번 신발."

"신발은 있으니까, 바지?"

생일 선물로 받고 싶은 걸 동생들에게도 알려주라고 하니, "○○야, 나 생일인데 뭐 갖고 싶어?"라고 말하고는 좋아서 어쩔 줄 몰라 어깨를 들썩일 정도로 크게 웃는다. 그리고 생일 선물이라는 말만으로도 흥분이 되는지 옆에 있는 나를 덥석 끌어안는다. 작은 일에 온몸으로 기쁨을 표현하는 아이의 단순함이 부럽다.

장애가 있는 아이는 불행할 것이라는 건 편견이다. 우리 아이뿐만 아이라 내가 치료실에서 만나는 아이들은 하나같이 해맑고 순수한 웃음을 가졌다. 고릴라처럼 쿵쿵 북을 치는 시늉을 하면 뒤로 몸을 젖히며 까르르 웃고, 음악에 맞추어 겨드랑이에 손을 넣고 빙그르르 한번 돌면 세상을 다 얻은 표정으로 즐거워하는 음악치료실의 아이들. 그 웃음을 보고 싶어서 난 연기자도 되고 천하장사가 된다.

밥벌이하느라 주말이 없는 둘째 아들, 시험 때만 되면 초주검이 되어 수학 문제 하나 맞고 틀리는 일에 행복과 불행을 결정되는 막내아들에 비하면, 장애가 있는 큰아이가 인생을 가장 재밌게 사는 것 같다. 너무 피곤해서 자고 싶은데 할 일이 남은 날은 10시에 잠들어 7시에 일어나는 큰아이가 부럽다.

스스로 길을 찾아가지 못하고 누군가의 도움을 받아야 살아간다고 해서 딱하다는 표정을 짓지 않았으면 좋겠다. 멋진 집에 살고 해외여행을 다니지 않아도 일상의 소소함에서 행복감을 느끼지 않는가? 행복은 강도가 아니라 빈도라고 하던데, 그렇다면 하루에도 수십 번씩 웃고 즐거워하는 우리 큰아이는 행복한 아이임이 분명하다. 엄마의 잔소리와 협박만 없으면 더 행복할지도 모르겠다.

그러고 보니 물리적인 폭력은 야만적이라면서 약자인 큰아이에게 허구한 날 언어 폭력을 행사한 것은 아닌지 반성하게 된다.

"이렇게 자꾸 엄마 힘들게 할 거면 이 집에서 살지 마. 나가!"

"너는 세 살이 아니라 서른 살이야!"

"자꾸 사고 치면 경찰서 가야 한다. 경찰 아저씨에게 연락해서 지금 오라고 해야겠다."

"거짓말해도 소용없어. 엄마가 CCTV로 확인하면 다 나와."

그동안 불안을 분노로 표현한 미성숙한 엄마라 미안하다. 엄마도 하늘의 뜻을 아는 지천명이 훨씬 넘었으니 성숙해져야겠다. 이제부터 그런 말은 하지 않도록 노력할게.

엄마는 부재중

오랜만에 1박 2일로 부부 모임을 다녀왔다. 사람들과 웃고 떠들었으나 집에 두고 온 큰아이 걱정에 머릿속은 어지러웠다. 밥은 먹는지 걱정되고, TV 고장 낼까 두렵고, 아이를 두고 놀러 온 것에 죄책감이 들었다.

큰아이는 혼자서 TV를 보고 화장실을 다녀오고 차려놓은 밥을 먹을 수는 있지만, TV 리모컨 버튼이 빠져서 다른 곳으로 굴러가면 스스로 찾지 못한다. TV의 AI가 자신의 말을 알아듣지 못하면 화를 내기도 한다. 큰아이의 방을 지나갈 때 TV 소리가 들리지 않으면 무슨 문제가 있는 건 아닌지 조심스레 방문 열고 들여다본다. 아이가 화장실 다녀온 후에는 변기에 남긴 흔적 닦아내고, 밥을 차려주는 게 나의 역할이다.

그런데 내가 집을 비우면 대신해줄 사람이 없다. 잠깐씩 도와주시는 활동 지원사님조차 모처럼 여행 일정이 있다기에 말도 못 꺼냈다. 고 2라 학원 스케줄이 빽빽한 막내에게 형을 부탁하고 나가는 발걸음이 가볍지는 않았다. 저녁 식사 후, 독립해서 살고 있는 둘째에게 전화했다. 엄마 아빠가 지방에 와 있으니 내일 오전에 잠깐 들러서 형을 챙겨달라고 당부했다.

다음 날 지방에서 올라오는데 휴일이라 차가 막혔다. 애가 탔다. 집에 도착하자마자 큰아이 방으로 뛰어 들어가 큰아이가 안전한지, TV는 멀쩡한지 살폈다. TV 보면서 웃고 있는 아이가 눈에 들어왔다. 아이와 TV 둘 다 안전하다는 징표였다.

다행이라는 생각에 걱정과 두려움으로 걸려 있던 한숨을 길게 내뱉었다. 밥을 차려주니 배가 고팠는지 맛나게 먹는 큰아이. 밥 먹는 아이를 쳐다보는 내내 마음이 아렸다. 걱정인지, 두려움인지, 죄책감인지 알 수 없지만, 별일 없어 다행이다.

그 후 지인들과 해외여행을 갈 일이 있었다. 한참 재밌게 수다를 떨다가 전화를 놓쳤다. 잠시 후 부재중 전화를 확인했는데, 아이가 다니는 교육센터 선생님의 번호였다. 가슴이 철렁 내려앉았다.

'낮에 무슨 일이지?'

슬쩍 자리를 빠져나와 전화를 걸었다. 오전에 센터에 도착했을 때 이미 아이의 속옷과 바지가 배변으로 더러워졌다며 갈아입힐 옷이 필요하다는 것이었다. 배탈이 났나 보다. 새벽에 일어나서 공항에 가기 전에 씻기고 밥 먹이고 과일까지 입에 넣어주고 양치질까지 마쳤는데, 막내가 또 먹을 것을 준 거다. 그것도 어제 하루 종일 냉장고에 잠자던 차가운 크로켓을 주었으니 탈이 날 수밖에.

서른 살이 된 다 큰 아들을 집에 두고 여행 가면서 마음 졸이는 엄마가 몇이나 될까? 얼마 되지 않은 확률에 든 나는 불행한가?

미리 며칠간 내가 집에 없을 거라고 선생님께 알리긴 했다. 하지만 남편도 같이 온 걸 모르는 센터 선생님이 혹시 아버님이 일찍 오실 수 있냐고 물었다. 난감했다. 활동 지원사와 막내아들과 둘째에게 문자를 보냈는데, 다들 아이가 있는 센터에 곧바로 갈 수 없는 상황이라 애가 탔다. 특별히 큰아이가 손꼽아 기다리던 노래방 가는 날이었는데, 선생님과 다른 아이들 발까지 묶어놓는 건 아닌지 갑자기 가슴속에 돌 하나가 박힌 기분이었다.

냄새나는 바지를 입고 있는 아이는 얼마나 찝찝하고 속상할까? 요술을 부려 아이가 있는 곳으로 순간 이동이라도 하고픈 마음이었다. 이러지도 저러지도 못하고, 같이 여행 간 사람들에게 말도 못한 채 안절부절못했다.

그리고 두어 시간 후, 바지는 여벌이 있었고 편의점에서 팬티를 사서 입혔다는 센터 선생님의 문자를 받았다. 진즉에 효율적인 방법을 찾았으면 걱정하지 않았을 텐데. 몇 시간 동안 걱정하느라 여행이 즐겁지 않았다.

엄마 없이도 지구는 돌아가고 내 아이의 일상도 굴러간다. 어쩔 수 없다. 앞으로도 가끔은 내가 자리를 비울 때가 있을 텐데, 아이가 부디 다른 사람 도움을 받으며 불편한 일이 생기지 않기를 기도할 뿐이다.

자고 나니 달라진 세상

어떤 현상이나 일을 마주할 때 일어나는 마음이나 기분을 감정이라고 한다. 어제의 감정은 사라지고 매일 새로운 감정이 생기는 건 다행이고 고마운 일이다. 감정이 불변이라면 이미 오래전 감정에 빠져 죽었을지도 모른다.

주말에 몇 시간 집을 비운 사이에 장애가 있는 큰아이가 TV를 파손해서 마음이 엉망진창이었다. 이 생각 저 생각으로 잠을 못 이루다 보니 어느덧 부정적인 생각이 머릿속을 점령했다. 나처럼 힘든 사람이 있을까? 산다는 게 희망이 있는 일인가? 매일같이 문제를 일으키는 장애 있는 큰아이와 어떻게 남은 인생을 살지?

이렇게 마음 울적한 날엔 거리도 걸어보고, 향기로운 칵테일에 취해도 보고, 전시회장도 가고 싶고, 음악을 들으며 진정하고픈 마음이 굴뚝같지만, 할 수 있는 게 하나도 없다.

부정적인 생각과 감정의 눈덩이는 계속 제멋대로 굴러서 집채만 해졌다. 문제를 일으킨 큰아이도, 남편도, 막내아들도 잠들어 있었다. 나만 빼고 식구들이 다 편안히 자고 있다는 게 분하고 억울했다. 어둠과 침묵에 외로움이라는 낯선 감정까지 생겼다. 우리 집에는 마음이 아픈 사람을 위로해줄 인간이 하나도 없어서 슬프다며, 따로 사는 둘째에게 문자로 일러바쳤다.

그렇게 밤새 불편한 시간을 보내고 아침에 창문을 열었더니, 순백색의 눈이 조용히 내리고 있었다. 머릿속이 맑아지며 밖에 나가 눈을 맞고 싶어졌다.

'어제는 죽고 싶었는데 오늘은 눈 맞고 싶다고? 어제 안 죽기 잘했네. 이렇게 예쁜 눈을 못 볼 뻔했잖아!'

내 생각이, 내 감정이 어린아이 같아서 피식 웃었다.

"어른은 시간을 조망하는 능력을 가진다"는 얘기를 어디선가 들었다. 지금 일어나는 일이 영원하지 않다는 것을 알기에 기다릴 줄 알고 조급하게 굴지 않아야 어른이다. 사람마다 기준이 다르지만, 나는 감정 조절을 잘하는 사람을 어른이라고 생각한다. 부정적인 감정 또한 지속되지 않는다는 걸 아는 게 지혜다. 생물학적 나이는 많은데도 아이처럼 조급하고 기다리지 못하고 대수롭지 않은 일에도 짜증이 많은 사람은 어른이 아니다.

"힘든 날도 있는 거지."

"괜찮아. 그럴 수도 있지."

"오늘만 날이 아니잖아?"

"이만하길 다행이야."

원치 않은 일이 발생했을 때 이런 말을 덤덤히 할 수 있는 사람이 되고 싶다.

감정은 고이지 않고 흘러간다는 걸 알면서도 어느 날은 늪에 빠진 듯 허우적거릴 때가 있다. 땅이 꺼질 만큼 한숨이 나오면서 땅속에라도 꺼지고 싶은 날이 있다. 비 온 뒤의 젖은 낙엽처럼 바닥에 찰싹 붙어만 있고 싶은 순간도 있다.

너무 힘들 때는 하루만 견디자. 그런 하루하루가 모여 일주일, 한 달이 된다. 그러다 보면 나를 힘들게 했던 감정의 눈덩이는 작아져 있다.

혼자서는 어려울 수도 있다. 내가 죽고 싶을 만큼 힘들 때, 누군가에게 나를 누르는 버거운 눈덩이를 깨뜨려달라고 말할 수 있어야 한다. 누구든지 솜사탕 같은 첫눈을 맞는 건 설레고 '뽀드득' 소리를 들으며 폭신폭신한 눈을 밟는 건 즐겁지만, 거대한 눈덩이에 깔리고 싶지는 않을 거다. 오늘도 누군가를 버겁게 누르는 눈덩이를 치운다는 생각으로 일터에 간다.

애물단지 아닌 보물단지

큰아이가 교회 장애인 선교부의 1박 2일 캠프에 갔다. 이 시간이면 TV 볼륨 좀 줄이라고 늘 잔소리를 했는데, 오늘은 검은 물체가 되어 조용히 잠자고 있다. 아침이면 늘 화장실 휴지 걸이에는 화장지가 하나도 없었는데 화장실 화장지도 어젯밤 그대로다. 늦은 밤에 나가 새벽까지 영화를 보고 온 남편과 막내아들은 단잠에 취해 있다.

모처럼 생긴 고요한 나만의 시간. 이 얼마나 오랜만에 만나는 귀한 시간이던가!

일찍 일어나 집안일을 후다닥 처리했다. 감자를 껍질 벗겨 삶아 놓고, 얼른 빨래를 널었다. 글도 쓰고, 책도 읽었다. 큰아이 씻기고 먹이느라 아침은 늘 분주했는데 집안일을 많이 했는데도 시간이 남아 있는 게 신기하다. 또 평화로운 아침이 분명한데, 뒤에서 나를 놀라게 하던 큰아이의 목소리와 웃는 얼굴이 없으니, 간이 맞지 않은 음식을 먹은 듯 일상이 싱겁다.

나에게는 TV 속의 짱구 목소리와 큰아이의 목소리가 아침 배경음악이었나 보다.

집에 있으면 잡다한 문제로 나를 화나게 하고, 집에 와야 할 시간에 오지 않으면 나를 초조하게 하고, 잘못 저질러 풀 죽어 있으면 한없이 불쌍해서 내가 속상하고, 엄마의 용서를 받고 언제 그랬냐는 듯 TV 보며 깔깔대면 엄청 뻔뻔스러운, 애물단지이자 보물단지인 내 아이. 안 보면 보고 싶고, 보고 있으면 화가 나는, 내가 낳았지만 이해할 수 없는 아이, 어떤 날은 엄마 역할이 모래주머니를 발에 차고 걷는 것처럼 힘든 날도 있지만 난 내 아이를 무척 사랑하나 보다.

신이 모든 곳에 있을 수 없기에 어머니를 만들었다고 한다. 신과 같이 완벽한 엄마는 될 수 없지만 최소한 욱하는 엄마라는 과거의 딱지는 벗어버리고 싶다.

여섯 시간 후에 돌아올 큰아이가 보고 싶다. 내 얼굴을 보자마자 내 목을 억세게 끌어안겠지. 누가 나를 이리도 격렬히 좋아해주겠는가! 엄마를 무척 좋아하는 큰아이.

애물단지라고 많이 말하고 다녔는데 다시 생각하니 보물단지가 맞다.

시간이 하는 일

이 시간에 센터에 있어야 할 큰아이가 침대에 누워 있다. 어제 센터에서 계단을 내려가다가 발목을 접질렀나 보다. 아이가 저녁 먹을 때 발을 가리키며 "이제 다 나았겠지, 뭐"라고 대수롭지 않게 말했다. 그래서 어디 아프냐고 물으니 괜찮다고 해서 신경 쓰지 않았다. 밤에 화장실 갈 때 절뚝거리며 걷는 게 보였다. 그제야 복숭아뼈 아래쪽이 부은 걸 알아차렸다.

남편과 둘이 양쪽에서 아이 어깨를 걸고 집 근처의 24시간 진료 병원에 갔다. 의사를 기다리는 동안 시계를 보니 밤 11시가 훌쩍 넘어 있었다. 의사는 엑스레이를 확인하고 아이를 쓱 보고는 말했다. 뼈는 이상 없고 인대가 늘어났단다. 인지능력이 낮은 아이라 반깁스를 유지하기가 어려울 것 같으니, 붕대만 감고 가라고 했다.

중환자실 간호사였던 나는 아이들이 다쳐도 대수롭지 않게 여긴다. 중병도 아니고 진행성도 아니니 시간이 지나면 해결될 일이라고 생각한다. 아이가 다친 걸 몰랐던 센터 담임선생님께 일단 상황을 알렸다. 며칠 집에서 쉬겠다고 하니, 담임선생님은 죽을죄라도 지은 사람처럼 죄송하다는 장문의 문자를 여러 차례 보냈다. 고자세인 사람은 싫지만, 저자세인 사람도 감당하기 어렵다. 다음부터 좀 더 세심하게 신경 쓰겠다며 거듭 사과하는 긴 문자 속에서 머리를 조아리는 선생님이 보이는 듯해서 영 거북했다. 장애 아이의 엄마로 살면서 지금까지 죄송하다는 말을 다른 사람에게 수백만 번은 한 것 같은데, 이번에 내가 문책자가 된 기분이었다.

"아이고, 선생님. 죄송은 그만! 시간 지나면 낫는 거니까 괜찮아요"라고 답문을 보냈다. 아이는 아프다고 하지 않았고, 기다렸던 야외 활동을 가지 못하게 되어 섭섭해 보였다.

다음 날 자고 난 아이는 붕대 감은 발을 쳐다보더니 대뜸 물었다.

"오늘 대공원 나들이 못 가나?"

제대로 못 걸어서 꼼짝없이 집에 있어야 한다고 하니, 큰아이는 발을 꼼지락거리며 걸을 수 있다고 중얼거렸다. 얼마나 기대했는지 짐작이 갔다. 발목이 나아지면 엄마랑 대공원이고 식물원이고 놀러 가자고 했더니, 큰아이는 친구들이랑 가는 게 좋다고 했다. 하나도 섭섭하지 않다. 엄마도 친구랑 노는 게 더 재미있으니까.

행복을 선택한 거다

드디어 방금 전에 큰아이가 파손한 TV 액정을 수리하기 위해 기사님이 다녀갔다.

지난 주말의 일이다. 오랜만에 고향 친구들과 만나 스트레스를 훨훨 날리고 솜털 같은 마음으로 돌아온 오후였다. 현관문을 열고 들어오자마자 거실 TV가 켜져 있는 게 보였다. 심장이 벌렁거리기 시작했다. 아이가 제 방이 아니라 거실에서 TV를 본다는 건 제 방에 있는 TV에 문제가 생겼다는 뜻이다. 스멀스멀 밀려오던 막연한 불안감이 슬슬 분노로 바뀐다.

나쁜 예감은 빗나가는 일이 없다. 큰아이 방에 들어서자마자 깨진 TV 화면이 슬픈 얼굴을 하고 있다. 저절로 긴 한숨이 나왔다. 큰아이가 또 사고를 친 거다. 아이 방에 들어가니 리모컨은 쪼개져 있고, TV 연결하는 선은 험한 꼴로 빠져 있다. 목구멍까지 차오른 말이 봇물처럼 터진다.

“어째서 너란 아이는 예외도 없는 거니? 엄마가 딱 네 시간만 이것저것 누르거나 빼지 말고 얌전히 TV 보라고 했잖아! 너는 세 살이 아니고 서른 살이라고!”

성격이 급한 나는 문제와 맞닥뜨린 순간 불같이 화를 내서 항상 문제가 더 커지곤 했다. 한숨으로 틈을 만들고 잠깐 생각했다. 초긍정적 마인드가 빛을 발해야 하는 순간이다. 한두 번 겪는 일이 아니니 가슴 철렁할 일도, 머리끝까지 열이 뻗쳐 얼굴이 벌게지도록 억울해할 일도 아니다. 그래. 할 수 없지, 뭐. 좋은 일과 나쁜 일이 번갈아 생기는 게 인생이지. 예수님이 고난을 받은 사순절 기간이라 내게 또 힘든 일이 생겼다고 여기자. 십자가를 지는 예수님의 고통과 모든 걸 잃은 욥의 고난에 비하면 발뒤꿈치에도 못 따라가는 일이니 ‘이 정도쯤이야’라고 생각하자. 사람이 다친 것도 아니고 돈으로 해결할 수 있는 일이니까.

긴 시간 고속도로를 운전하고 돌아온 터라, 또다시 아이를 닦달하며 에너지를 쓰다가는 내가 쓰러질 것 같았다. 차분히 방법을 찾았다. 일요일에 집에 온 둘째 아들에게 당근마켓에 중고 TV가 나와 있는지 알아봐달라고 했다. 그러나 먹고사는 일에 바쁜지 둘째에게는 연락이 없었다.

어차피 내가 해결해야 할 일이라 시간을 내어 여기저기 고객센터에 전화를 걸었다. 이미 수개월 전에 깨먹은 삼성 TV에 이번에 깨먹은 LG TV까지 고장 난 TV가 세 대나 있었다. 거기에다 버튼 빠진 리모컨 서너 개도 교체해야 하니, 우리 집이 갑자기 고물상이라도 된 것 같다.

두 곳에 수리 비용을 문의하고, 외딴 방에서 치료받지 못하고 누워 있는 TV를 꺼내놓았다. 예약 시간에 맞춰 도착한 기사님은 재빠르게 액정을 교체했다. 이미 유선상으로 들어서 알고 있는 수리 금액을 다시 한번 조심스럽게 알려주었다. 계산을 마치고 영수증을 내밀며 기사님은 더욱 조심스럽게 말했다.

"지난번에도 제가 액정 교체했는데, 얼마 되지 않아 또 이렇게 큰돈이 들어서 많이 속상하시겠어요."

"뭘요. 아이들 키우면 돈 들어가는 거지요."

아무렇지 않은 듯 간신히 웃었지만, 순간 여러 생각이 몰려들었다.

'나를 불쌍한 사람이라고 생각하려나? 이런 사고 뒷감당을 무한 반복하는 나는 불행한 건가? 괜찮다고 자기 위안을 하는 건 아니지?'

누구나 남이 모르는 어려움을 안고 사는 게 인생이다. 장애가 있는 아이를 키우건, 공부 잘하는 아이를 키우건, 쉽게 자식을 키우는 부모는 없다. 장애 아이의 부모라고 불행하다는 건 편견이다. 나는 지인이 보내주는 클립 영상에 배꼽이 빠지도록 웃고, 수리된 TV로 만화를 보며 주제가를 따라 부르는 큰아이의 노랫소리에 구겨졌던 마음이 금방 펴지는 사람이다.

돈으로 해결할 수 있는 일에 아이와 관계까지 틀어지면 안 된다. 물론 몸에 병이 나도록 스트레스를 받아도 안 될 일이다. 우울이나 행복은 찾아오는 게 아니라 선택하는 거라면, 나는 오늘 행복을 선택했다.

아이와의 협상

추석에 며느리 역할을 끝내고 집으로 돌아왔다. 거실 창 앞에 간당간당 희한한 형태로 올려져 있는 알록달록한 색의 플라스틱 컵들이 보였다. 컵 쌓기용 교구로, 긴 연휴 동안 아이에게 필요한지 확인해보려고 일하는 센터에서 잠깐 빌려놓았다. 순서대로 포개어 있지 않은 걸로 보아 장애가 있는 큰아이의 손을 거친 게 분명했다.

TV에 몰두해 있는 큰아이를 다정하게 불렀다. 식구들이 모두 잠든 시간이라 일단 바닥에 수건부터 깔았다. 그 위에 플라스틱 컵을 하나씩 올려놓고, 크기순으로 집어넣어보라고 했다. 각각 크기가 다른 컵을 크기순으로 쌓아 올리고 포개기도 하는 활동은 소근육, 눈과 손의 협응, 대소 크기 인지능력도 높일 수 있어서 음악치료실에서 유아들과 자주 하는 놀이다.

보통 세 살만 되어도 눈으로 보고 착착 올리고 쏙쏙 넣을 수 있다. 난이도가 쉬운 활동이라 어른들은 눈 감고 손의 감각만으로도 할 수 있는 일이다.

내 아이가 후다닥 컵을 포갤 줄 알았는데, 오산이었다. 가장 큰 사이즈가 어떤 건지 찾으라는 말에 아이의 눈빛은 흔들리기 시작했다. 크기가 확연히 차이 나는 색깔 다른 두 개의 플라스틱 컵을 보여주며 어느 게 큰지 묻자, "이거 맞나?" 하면서 컵의 크기를 확인하기보다 엄마의 반응을 먼저 살피는 아이의 눈은 불안했다. 잡은 컵을 조금 큰 컵 안에 넣으라는 말이 고장 난 TV를 고치라는 말처럼 어려운 주문이었나 보다. 아이는 이 컵 저 컵을 만졌다 놓았다, 넣었다 뺐다 하더니 컵을 손으로 밀치고 내동댕이쳤다.

먼 길을 오간 명절의 피로가 남은 아침이라는 게 이유였을까? 나는 "그래, 너 잘 걸렸다"라는 심보로 아이를 무섭게 닦달했다. 그리고 아이가 애지중지하는 거실과 제 방의 TV 리모컨을 모두 거두었다. 아이가 잠시 눈을 돌린 틈에 재빠르게 어젯밤에 들고 온 여행용 가방에 감추었다. 노는 날인데 왜 아침부터 컵을 넣으라고 했냐며 아이는 따졌지만, 나는 단골 메뉴로 응대했다.

"여기는 내 집이니까 내 말을 들어야 해. 이 정도는 세 살 아가들도 할 줄 알잖아. 다 엄마가 너 잘되라고 시킨 거야."

제 방에서 쓰던 리모컨까지 없어진 걸 확인한 아이는 내가 감춘 곳을 찾기 위해 여기저기 서랍을 뒤졌다. 몇 번이고 땅이 꺼질 듯한 한숨이 들렸다. 이윽고 흐트러진 컵 앞에 조용히 앉았다. 30년을 같이 살아왔으니, 자신이 앞으로 어떻게 행동해야 하는지 알아차린 것이다. 아이가 흩어진 컵을 주워서 다시 쌓아 올리는 걸 보자, 혈압이 정상으로 돌아오며 슬며시 웃음이 나왔다. 어색한 웃음을 감추려고 헛기침한 후 아이 앞에 앉았다.

"안 한다고 하더니?"

"어, 이거 하면 엄마가 기분 좋아지니까."

아이가 원하는 게 무언지 잘 알기에 리모컨을 꺼내 컵 앞에 놓았다. 크기 순서대로 컵이 들어가도록 슬쩍 도와주었다. 마지막 완성은 아이가 하도록 했다. 마지막 컵을 넣었을 때 박수를 치며 칭찬하는 것도 잊지 않았다.

"한 번만 더 하면 더 잘할 것 같은데……."

그러나 아이는 TV 리모컨이 눈앞에 돌아온 걸 보고 엄마의 꾐에 넘어가지 않았다. "안 할래요"라며 단호히 거절하더니 TV 리모컨을 쥐고는 TV 앞에 앉았다.

그래도 오늘의 협상은 성공이다. 컵 쌓기용 컵을 인터넷으로 주문했다. 자꾸 하다 보면 잘하겠지? 과연 성내지 않고 아이를 가르칠 수 있을까? 치료실에 오는 아이들의 비위는 잘도 맞추면서 내 아이에게는 성질을 내고 만다. 엄마가 제 아이를 교육하기가 쉽지 않은 이유가 그래서다.

엊그제 둘째 아들이 한 말이 생각난다.

"엄마가 어릴 때 피아노를 가르치면서 등짝만 때리지 않았다면 피아노를 계속 배웠을 거고, 조성진이 될 수도 있었다고요."

피아노를 알려주자

인간이 다른 동물보다 뛰어난 건 자유롭게 손을 사용하기 때문이다. 손으로 도구를 만들고, 농사를 짓고, 정교한 예술 활동을 한다. 뇌병변 장애가 있는 큰아이는 손으로 할 수 있는 일이 많지 않다. 젓가락을 사용할 수 없으니 음식점에 가면 포크를 달라고 해야 한다. 추운 날 급히 손가락장갑을 끼우려면 왜 손가락은 다섯 개나 만들었는지 따지고 싶을 정도다. 아이는 고무줄이나 밴드로 된 바지만 입을 수 있고, 단추를 채우는 옷은 입지 못하기에 뒤집어쓰는 옷을 입는다. 추운 겨울에 외출할 때는 얼어 죽을까 봐 신경 쓰여 지퍼를 잘 잠가주지만, 목까지 지퍼를 올려주면서 이러다 땀이 나면 또 어쩌나 싶다.

손으로 할 수 있는 것이 많지 않은 우리 아이는 코로나 시대를 버티기가 힘들었다. 마스크를 귀에 거는 일이 내 아이에게는 거듭 훈련해야 하는 어려운 일이었기 때문이다. 공공장소에서 마스크를 쓰지 않으면 벌을 받고 범칙금을 내야 한다는 소식을 들을 때 가슴이 철렁했다. 마스크가 답답해서가 아니라 마스크가 벗겨져도 혼자 쓸 수 없는 사람이 있다는 걸 사람들은 짐작조차 하지 못할 거다.

코로나 기간에 대기 중이던 집 근처 장애인 치료센터에서 순번이 되어 작업치료를 받았다. 소근육이 약한 아이에게 꼭 필요한 수업이었고, 가르치는 작업치료사 선생님도 열의가 있었다. 작업치료사 선생님이 일상생활 훈련 중 운동화 끈 매기와 지퍼 채우기를 해보자고 제안했지만, 운동화는 끈을 매지 않아도 신을 수 있는 신발이 많으니 지퍼 채우기만 해도 좋겠다고 했다.

지퍼 채우기 훈련을 수업 시간마다 반복적으로 했다. 수업이 끝날 즈음 유리창 너머로 쳐다보면, 지퍼 끼우기를 반복하는 아이가 보였다. 지퍼를 맞물려 끼우고는 아래쪽을 야무지게 잡고 올려야 하는데. 그냥 올리다가 다시 빠지곤 해서 보는 내내 탄식이 나왔다. 사람들은 눈 감고도 할 수 있는 지퍼 채우기가 아이에게는 벌을 받듯 힘든 일이다. 냉방이 되는 치료실인데도 지퍼 채우기를 마치고 나오면 이마에 땀이 송골송골 맺혀 있었다. 어느 날은 마음대로 되지 않아 답답했던 아이가 지퍼를 이로 물어뜯은 날도 있었다.

"어머니, 오늘은 4분에서 2분으로 지퍼 채워 올리는 시간이 단축되었어요."

치료사는 고양된 목소리로 박수까지 쳤으나, 나는 '아이가 얼마나 힘들었을까? 마음대로 되지 않아 얼마나 열받았을까?' 싶어서 마음이 짠했다. 집에 얼른 가서 시원한 물로 열불 난 속을 식혀주고 싶었다.

수개월이나 연습하더니 결국엔 혼자 지퍼 잠그기에 성공했다. 이 지난한 과정은 하는 사람이나 지켜보는 사람이나 대단한 일이다.

약정된 2년의 기간이 끝나던 마지막 날, 다른 작업치료 기관을 알아보라는 치료사의 권고를 듣고 돌아오는 길이었다. 나에게 피아노 배우고 있는 10년 이상 된 내담자 청년이 생각났다. 손에 경직이 있고 악보를 읽지 못하지만, 매주 조금씩 연습하여 칠 수 있는 레퍼토리가 20곡 이상이다. 그래, 피아노를 해보자. 내 아이도 할 수 있겠다는 생각이 굳어졌다.

아이를 피아노 앞에 앉힌 후에야, 내가 그동안 내 아이의 손가락 상태를 모르고 닦달만 했음을 깨달았다. 왼손은 오른손보다 손가락 경직이 훨씬 심했다. 건반을 눌러 소리 내는 것은 고사하고 새끼손가락을 독립적으로 뻗어 건반 위에 올리는 것조차 불가능했다. 이런 상태의 아이에게 손가락 번호를 알려주고 아이의 오른손을 해당 건반 위에 올려놓았다. 음을 세 개만 쓰는 동요 〈비행기〉의 멜로디를 우선 알려주었다. 계이름이 세 개뿐이니 손가락도 세 개만 사용하면 된다. 어렵지 않을 줄 알았는데 손가락을 순차적으로 옮기는 게 되지 않았다. 소리를 내어 손가락 번호를 알려주려는데, 아이는

"내가 혼자 할 수 있어"라며 설명을 들으려 하지 않았다. 아이는 손을 뒤틀어가며 건반을 겨우 눌렀다. 수 차례 연습한 끝에 엄마만 알 수 있는 멜로디로 잔뜩 인상을 써가며 〈비행기〉를 쳤다.

양손 검지만 가지고도 칠 수 있는 〈젓가락 행진곡〉도 알려주니 비로소 아이는 환한 표정으로 바뀌었다. 만화에서 듣고 너무도 익숙한 멜로디였기에 금방 재미를 붙였다. 양손 검지만으로 치면 되니 틀려도 자신감이 하늘을 찔렀다. 퇴근한 남편에게 피아노 치는 것 좀 보라고 하니, 남편은 "와, 아빠보다 낫다"라며 엄지척을 해주었다.

텔레비전 말고 또 하나의 다른 취미를 만들기 위해 엄마는 노력할 거다. 답답하더라도 절대로 화내지 않고 인내심을 가지고 치료실 내담자 대하듯 정성을 기울여야겠다.

세상의 아름다운 것들은 언제나

요란하지 않은 모습으로 내 곁에 머물러 있다

Chapter 3

엄마가 행복하면
아이도 행복하다

좋은 엄마는 행복한 엄마다

하루에 치료실을 한 곳만 다니는 엄마는 나쁜 엄마이고, 서너 곳 다니면 좋은 엄마라고 할 수는 없다.

장애 아이의 엄마들은 하루가 바쁘다. 아이에게 옷 입히고 밥 떠먹이고 신발까지 신겨서 여기저기 치료실을 부지런히 다닌다. 잠든 아이를 업고 오거나, 치료실에 들어오지 않고 계속 핸드폰을 보겠다고 떼를 쓰는 아이를 억지로 끌고 오는 엄마의 고단함을 누구보다 잘 안다. 그래서 치료사로서 조금이라도 도움이 되고 싶다.

하지만 목소리 톤을 높이고 과장된 몸짓으로 애를 써도 집중할 기운이 없거나 도무지 관심을 보이지 않는 아이들을 보면 막막하다. 잠깐이나마 수업에 집중했던 아이는 다른 치료 수업에 가기 위해 엄마 등에 업혀 나가거나, 엄마 손에 끌려 나간다. 치료실에 오는 엄마의 피곤한 모습과 졸린 아이의 눈을 바라보니 오래전 나와 아이의 모습 같아서 마음이 짠하다.

장애 자녀의 교육과 치료는 마라톤이다. 엄마가 초반에 지치면 중간에 포기하고 만다. 한 달에 수백만 원씩 들어도 좋아지는 것 같지 않으니 밑 빠진 독에 물 붓기 같다. 물이 빠져나가도 콩나물시루에서 콩나물이 쑥 올라오듯, 막대한 교육비와 치료비, 엄마의 노력이 괄목할 만한 아이의 성장으로 이어지면 얼마나 좋을까?

그러나 현실은 암울하다. 신체 성장이 끝난 서른 살의 내 아이도 평생 학교와 치료센터를 다녀야 한다. 여전히 사회성을 배우기 위해 교육센터에 다니고, 이제는 근육의 퇴화를 막기 위해 작업치료를 한다.

내가 할머니가 되어도 독립된 성인이 되지 못하고 보살펴야 할 아이를 생각하면 힘이 빠진다. 여든 살이 되어도 쉰 살 아들의 이를 닦아주고 밥을 해주어야 한다. 그러려면 건강한 슈퍼우먼 할머니가 되어야 한다. 운동은 나와 장애아들을 위한 배려이자 좋은 엄마가 되려는 노력이다. 아이와 함께 하는 마라톤에서 아이와 나는 건강한 파트너십을 잃지 말아야 한다. 뛰지 못해 걷더라도 포기하지 않고 끝까지 가는 게 목표다.

엄마가 행복해야 아이가 행복하다. 몸이 건강하다고 행복한 건 아니지만, 건강하지 않으면 행복하기는 어렵다. 치료실에 오는 엄마들이 장거리 경기에 초반부터 너무 빨리 달리겠다고 힘을 빼지 말았으면 좋겠다. 길게 보고 천천히 걸어가길 바란다.

세상에서 제일 불쌍한 얼굴의 사나이

마트에서 돌아오는 길에 지인과 오랜만에 통화하다가 밤 10시가 넘어서 서둘러 통화를 마쳤다. 콧노래까지 부르며 환한 얼굴로 집으로 들어섰다. 거실에 TV 소리가 나지 않고 큰아이가 보이지 않아서 자겠거니, 하고 아이 방을 열었다. 세상에서 제일 불쌍한 표정을 짓고 있는 아이가 보였다. 심장이 덜컥 내려앉았다. 10시면 무슨 일이 있어도 이불에 눕는 아이인데, 아이의 얼굴은 내가 없는 한 시간 동안 사연이 있었음을 보여주었다.

내 예감은 늘 100퍼센트 적중한다. 확인하고 싶지 않지만 확인해야만 하는 역할에서 도망가고 싶다. 아이는 내가 없는 동안 벌어진 사건을 재현했다. 상황을 일목요연하게 얘기하지 못하지만, 유추해보니 거실 TV 인터넷이 끊겨서 자기 방에 와서 보려 했단다. TV 선이 엉켜 있었는지 선을 잡아당기자 TV가 무릎 쪽으로 고꾸라지며 떨어져서 액정이 또 깨졌다는 거다.

아빠에게 왜 도움을 청하지 않았는지 따지듯 묻고, 아이를 앞세워 유튜브를 보고 있는 남편에게 갔다. 유튜브만 보느라 아이를 돌보지 않은 거 아니냐며 따졌다. 이미 엎질러진 물 앞에서 늘 망연자실한다. 이럴 때 심한 무기력을 느낀다. 언제까지 이 짓을 해야 하나. 무한 반복되는 뒤치다꺼리에 신물이 나기도 한다.

고장 난 TV는 이미 여섯 대가 넘는데 대책은 없다. TV 한 대는 내가 꼬박 몇 주 동안 일해야 손에 쥐는 금액이다.

또 한 번 이러면 우리 집에서 살 수 없다, TV에 가까이 가지 마라, 아예 손을 대지 마라, 엄마가 속상해서 살 수가 없다 등등 고문과 협박과 통사정이 폭격처럼 쏟아졌다. 잠도 재우지 않고 두어 시간 이상을 고문했다. 30세의 청년이 한숨을 쉬더니 "잘래요. 엄마는 가"라고 했다.

"엄마는 화가 나고 속상해서 잠도 오지 않는데 누구에게 위로받아야 하지?"

돌아눕는 아이가 잘 들을 수 있게 귀 언저리에 대고 혼잣말하듯 나지막이 말했다, 이번에는 내가 세상에서 제일 불쌍한 얼굴이 되었나 보다. 아이는 누운 자리에서 벌떡 일어나 앉아 엄마를 쳐다보더니 어깨를 감싸며 "미안합니다. 줄 안 만질게요"라고 말한다. 고문과 협박과 통사정 후에 이렇게 화해한 게 벌써 열 번도 넘는다. 그것도 2년 사이에.

TV를 친 게 아니고 엉킨 선을 만지다 떨어뜨린 거니 십분 이해하련다. 또 믿어줄 수밖에 없다. 엄마는 그런 존재인가 보다.

내일은 내일의 해가 뜬다는 사실. 내 감정도 고여 있지 않고 흐른다는 걸 꼭 믿어야만 하는 밤이다. 비 온 뒤엔 반드시 맑게 갠 하늘이 오겠지? 내일 아침까지 마음에 해가 뜨지 않는다면 일단 출근할 때 핑크 재킷을 입고 빨간색 립스틱을 바를 테다.

원해서 장애인이 된 사람은 없다

지하철 자리가 생기면 얼른 가서 다리를 쩍 벌리고 앉는 아이.

밥을 먹고 나면 입 주변에 먹은 흔적을 잔뜩 묻히는 아이.

화장실 가서 거울 보고 얼굴 좀 닦고 나오라 하면 물만 묻히고 입 주변은 벌겋게 그대로인 아이.

화장실에 다녀와서 바지를 야무지게 올리지 못해 엉덩이가 반쯤 보이는 아이.

바지를 앞뒤 바꿔 입거나 신발은 발을 바꾸어 신을 확률이 절반은 되는 아이.

발음이 불분명하여 무슨 말을 하는지 알아듣기 힘든데 혼잣말은 많이 하는 아이.

술을 먹지 않았는데도 반듯하게 걷기 어려운 아이.

장애인인 내 아이에게는 이러한 특성이 있다.

원해서 장애인이 된 사람은 없다. 선택이 아니다. 그냥 태어난 거고, 어느 날 불쑥 찾아온 거다. 장애는 신의 축복도, 재앙도 아니다.

장애는 극복할 일이 아니다. 미안할 일도, 노력한다고 해결될 일도 아니다. 있는 그대로의 모습을 사랑하고 잘 해석해야 하는 일이다. 세상은 외모 지상주의, 능력 지상주의다. 바비인형처럼 날씬하고 얼굴이 작으며 코가 오뚝한 사람이 미인이고, 일 잘하는 능력자가 대우받는다. 그 논리에 따라 장애인은 자본주의 사회에서 경쟁력이 없다며 차별받고 소외되는 것이 과연 온당한가?

이 세상 사람들은 모두 다르게 생겼고, 다양한 특성이 있다. 한 엄마에게서 나온 세 아이들만 봐도 성격과 외모가 신기하리만큼 딴판이다. 거리에도 안경 쓴 사람이 있는가 하면 콘택트렌즈 낀 사람도 있고, 쇼트커트를 한 사람이 있는가 하면 긴 생머리도 있다. 그 거리에 팔이 ㄴ 자로 구부러진 청년이 팔자걸음으로 다니더라도 이상한 풍경으로만 보지 않았으면 좋겠다. 구부러진 팔보다 사슴처럼 크고 선한 내 아이의 눈망울을 먼저 봐주었으면 좋겠다. 장애가 아닌 사람이 먼저 보였으면,

그런 선한 눈을 가진 사람이 많았으면.

우리 사회가 좀 더 다양성을 존중하는 성숙한 사회가 되었으면.

장애인에 대한 편견

아이에게 장애가 있다고 주변에 얘기하면 이런 말을 하는 사람들이 있다.

"그래도 잘하는 게 하나는 있을 거 아니야? 네 아이는 잘하는 게 뭐니?"

잘하는 건 경쟁력이 있다는 말인데, 없다. 아니, 잘하는 게 있긴 하다. TV 만화를 보면서 목젖이 보이도록 웃고, 야단을 맞고도 곧바로 엄마의 목을 누르며 장난치는 걸 잘한다. 하긴, 순수하다는 건 노력해서 되는 일이 아니고 아무나 할 수 없는 일이다. 난 큰아이의 순수함을 사랑한다.

물론 특별한 능력이 있는 장애인이 있다. 음악치료사로 일하다

보니 다양한 아이들을 만난다. 사회성만 떨어질 뿐 자신의 관심사에 기억력과 집중력이 뛰어난 서번트증후군 아이들도 있다. 8호선까지 지하철 노선도를 빠짐없이 그리고, 한 번 본 TV 편성표를 고스란히 적는 아이도 있다. 지하철에 관심이 많은 아이는 열차 모양과 만들어진 연도, 특징, 빨리 환승할 수 있는 지하철 칸 번호까지도 기억한다. 별걸 다 기억하는 사람이 있다는 걸 알았다.

또한 의사소통은 어렵지만 예체능에 뛰어난 아이들도 더러 있다. 절대음감이 있고 고음에서 피치가 떨어지지 않고 정확한 음정으로 노래하는 어린아이도 있다. 치료실에서 노래 부르기 수업을 하다가 합창단원이 된 아이도 있고, 깨알보다도 작은 딸기씨를 점토로 표현하거나 종이로 섬세하게 인형을 만들어 놀라게 하는 아이도 있다. 손이 뒤틀어지고 걷지 못해서 휠체어에 앉아 있으면서도 공부는 잘해서 일류 대학에 합격한 뇌병변 장애인이나 소아마비 장애인도 있다. 하지만 뛰어난 재능을 가진 장애인은 드물다.

세상에는 노력하면 이룰 수 있다는 신화가 가득하다. 아이가 어릴 때는 내가 발견하지 못한 아이의 숨은 재능이 있을 것만 같았다. 엄마의 시간과 노력이 장애를 해결해줄 거라 착각했다. 그래서 학습이라면 할 얘기가 많다.

임신 전부터 영재 교육에 관심이 많아서 관련 책을 많이 읽었다. 아이가 4개월에 장애아가 되어 시력까지 돌아오지 않자, 그동안 열심히 사 모은 도트 카드와 낱말 카드가 무용지물이 되었다. 학습 교구를 차마 버리지 못하고 이사 갈 때마다 싸 들고 다녔다. 두 살 터울의 동생은 가르쳐주지 않아도 어린이집에서 한글을 떼어 교구를 시시하게 여겼다. 버리지 못한 교구는 열두 살 터울의 막냇동생이 자라는 동안 가끔 써먹었다. 막내가 중학교에 들어갈 때까지 미련이 남아 버리지 못했던 유아 교구는 이 방 저 방 옮겨 가며 자리를 차지하다가 5년 전 집을 리모델링할 때 싹 다 버렸다.

장애라는 단어는 한계를 포함한다. 장애는 한 달에 200만 원 들이면 좋아지고, 100만 원 들이면 좋아지지 않는 병이 아니다. 쏟아붓듯이 돈을 들여서 학습을 시킨다고 해서 아이가 비장애인으로 탈바꿈하는 일도 일어나지 않는다. 장애는 극복할 일이 아니고 해석해야 하는 일이다. 지금은 버튼만 누르면 되니 한글을 쓰고 더하기 빼기를 알아야만 살 수 있는 세상도 아니다. 장애인에게 가장 필요한 건 사람들이 자신을 싫어하지 않을 거라는 자존감이다. 어려움이 생길 때 다른 사람을 호의적으로 생각하고 도움을 청하며 다가가는 걸 부끄러워하지 않아야 한다.

이렇듯 자존감이 높은 아이로 키우려면 장애 자녀를 둔 엄마는 아이를 인격적으로 대해야 한다. 남들이 뭐라고 하든, 남들이 어떻게 보든, 아이의 자존감을 높여주는 게 글자나 숫자를 알려주는 것보다 중요하다. 장애는 고쳐지는 병이 아니고 평생을 안고 살아야 하는 특성이라는 걸 받아들여야 한다. 그래서 아이의 장애를 받아들이지 못하는 부모도 안타깝지만, 장애 아이라는 걸 진단받고 나서 몸이 부서지도록 학습에만 전력투구하는 엄마들도 안타깝다.

한편 말로 표현하지 못한다고 아이가 아무것도 모르는 건 절대 아니다. 아이에게 함부로 아무 말이나 하지 말았으면 좋겠다. 음악 치료실에서는 40분간 대상자 치료 수업을 하고 10분간 부모 상담을 하는데, 아이가 있는 자리에서 아이의 문제행동을 말하는 엄마들이 있다. 표현 언어는 되지 않아도 수용 언어는 되는 아이가 불편한 눈빛으로 옆에서 쳐다보는데도, 얼마 전에 엄마를 속상하게 만든 문제행동을 나에게 털어놓는다. 그 순간 아찔하다. 얼른 제지하고 재빨리 엄마를 데리고 나가서 마저 얘기를 듣는다.

나도 예외는 아니다. 아이의 문제행동을 혼자 담고 있기가 버거워서 남편이 퇴근하자마자 기다렸다는 듯이 쏟아낼 때가 있다. 오늘 어떤 사고를 쳐서 나를 힘들게 했는지 미주알고주알 살을 붙여가며 말한다. 아이의 어두운 표정은 그 순간 보이지도 않는다. 집에서 고장 난 물건을 발견하면 식구들은 증거도 없으면서 동시에 큰아이를 지목한다. 아이의 인격을 생각하지 않고 무시하는 행동은 나부터 주의해야겠다는 걸 치료실의 엄마들을 보며 다시 깨닫는다.

큰아이를 아기 취급하는 것도 문제다. 서른 살이나 되었지만 내 손을 거쳐야 하는 일이 대부분인지라 나도 수염 난 아가처럼 대할 때가 많다.

“아이구, 참 잘했네. 엄마한테 와봐. 내가 해줄게.” 이렇게 말하는 엄마들을 보며 내 말과 행동을 되돌아본다. 할 줄 아는 건 믿고 맡기고, 아이가 도와달라는 것만 도와주어야 한다. 아이가 직접 해 볼 기회를 주어야 한다. 장애 아이라도 밖으로 나갈 권리, 마음대로 이동할 권리, 혼자서 탐색할 권리가 있다. 엄마의 불안 때문에 아이를 몇 평짜리 방에 가두고 있는 건 아닌지 생각해봐야 한다.

장애인은 무섭다거나 더럽다는 것 또한 편견이다. 덩치가 큰 발달장애인에게 다가갔다가 혹시 맞을까 봐 두렵다는 말을 들었다. 그래서 성인 발달장애인 실종자가 많은 것이다. 길을 잃은 것 같아도 아무도 가까이 다가가지 않는다. 의사소통이 되지 않아도 느낌은 통한다. 호의적으로 다가가는데 상대에게 공격적인 태도를 보이는 경우는 거의 없다.

일부 장애인은 장애의 특성에 따라 감정 표현, 의사 표현, 신체 표현 등 특정 부분에서 비장애인과 소통이 원활하지 않을 수 있다. 개인과 사회가 방법을 찾고 노력하여 장애인과 소통이 자유로운 사회가 되면 좋겠다.

장애아의 엄마와 형제

발달장애

신체 및 정신이 해당하는 나이에 맞지 않는 상태. 염색체 이상과 미숙아 등 생물학적 이유와 산모의 음주, 약물중독, 부모의 격리와 같은 환경적인 요인이 원인이 될 수 있다.

_《고려대 한국어 대사전》

치료실에 오는 다섯 살 아이가 있었다. 아이는 언어 발달과 사회성이 또래보다 낮지만, 장애등급을 받지 않았다. 교육비나 차량 등 여러 혜택이 있는데 왜 받지 않았는지 아이 엄마에게 물었다. 시부모님이 알면 기절하실 것 같단다. 발달장애인이라는 낙인을 찍고 싶지 않은 엄마의 마음은 알겠기에 공감해주면서도, 아이를 위해 얼른 장애를 받아들이라고 조언해주었다.

장애를 인정하는 일이 쉽지는 않다. 장애 아이의 엄마라고 하면 임신 중에 술을 먹었는지, 모르고 감기약을 먹었는지 물으며 엄마에게서 원인을 찾으려는 사람들이 있다. 엄마는 죄인이 된 심정으로 치료와 교육에 매달리면서 또래 아이들의 발달을 따라가려 하지만 간극만 늘어난다. 그러니 장애를 빨리 받아들이고 주변에 알려서 믿을 만한 사람들에게 도움을 받는 게 좋다. 장애등급을 받았다고 해서 지워지지 않는 낙인이 찍히는 일도 아니잖은가!

둘째와 막내는 지금도 장애가 있는 큰아이에게 큰 도움이 되고 있지만, 어릴 때는 소소한 도움을 더 많이 받았다. 장애 아이와 비장애인 형제자매가 다른 학교에 다니는 경우도 많다고 들었다. 집에서도 소소한 일로 스트레스를 받는데 학교까지 함께 다니면 형제자매가 학교 생활에 심리적, 물리적으로 제약을 받을 수도 있겠다. 다른 형제에게 짐을 지우는 일이 될 수도 있기에 개인의 가치관에 따라 결정해야 할 일이겠지만, 나는 두 살 아래의 동생을 같은 학교에 보냈다. 장애인과 비장애인이 같은 공간에서 교육받는 통합 교육을 동생이 먼저 이해해야 한다고 생각했기 때문이다. 내가 바쁜 날에는 동생이 형의 손을 잡고 학교에 같이 가기도 했다. 이따금 두 살 터울의 동생은 초등학교 때 형에게 막말하는 형들에게 주먹을 휘둘렀다고 무용담처럼 말한다. 하마터면 뒷수습하느라 아찔했을 수도 있지만, 이미 지나간 일이기에 그저 둘째가 기특하다.

20대 후반인 둘째는 독립하여 살고 있다. 얼마 전, 집에 온 둘째에게 형이 장애가 있어서 불편하거나 힘든 일이 있었냐고 물으니 중학교 때 얘기를 들려주었다. 학원을 빠진 날이 있었단다. 학원 선생님은 집에 가서 둘째를 데려오라고 같은 학년 여학생에게 시켰다. 여학생이 우리 집 초인종을 눌렀을 때, 마침 센터에서 돌아와서 팬티 차림이던 큰애가 "누구세요?" 하며 문을 열었다. 사춘기의 여학생은 큰아이를 보고 깜짝 놀라서 그냥 돌아갔단다. 사춘기 시절이라 예민할 수도 있었을 텐데, 웃어넘길 에피소드가 되어 참 다행이다. 장애가 있는 형을 자연스럽게 이해하고 배려해준 동생들이 고맙다. 두 동생은 그런 면에서 효자다.

누구든 장애 예비군

전체 인구 중 65세 인구가 20퍼센트 이상이면 초고령 사회라고 한다. 우리나라도 1~2년 후 초고령 사회에 진입할 것이다. 노인 인구가 증가하면서 현재 85세 노인 부부 중 한 명은 치매이고 한 명은 치매 보호자로 살아간단다. 고령화될수록 치매뿐 아니라 뇌출혈, 뇌경색으로 지체 장애가 될 확률도 높아진다. 다시 말해 우리는 치매 예비군이고 장애 예비군이다.

치매는 기억이 사라지는 병이다. 금방 있었던 일을 기억하지 못하기도 하고, 별일 아닌 일로 감정의 홍수를 겪기도 한다. 심해지면 망상이 나타나서 가족들을 힘들게 하기도 한다. 인지에 어려움을 겪는 치매는 의지와는 관련 없이 나타나는 이상 증상이다. 일부러 그러는 게 아니기에 치매 환자는 안타까운 사람일 뿐 절대 미워할 수 없다.

우리나라는 정부에서 2017년 치매 국가 책임제를 발표했다. 치매는 다른 질환과 달리 인간의 존엄성이 무너지고 생존에 위협을 받을 뿐 아니라 온 가족이 고통받는 심각한 질환이다. 치매 문제를 개별 가정의 차원이 아닌 국가 돌봄 차원에서 해결하겠다는 취지로, 의료비의 90퍼센트를 건강보험으로 보장받는 내용이 포함되어 있다.

신문 기사에서, 치매여도 길을 잃지 않고 안심할 수 있는 마을이 있다는 이야기를 봤다. 치매를 앓아도 병원이 아닌 내가 사는 집, 마을에서 보낼 수 있다면 우울감에서 조금은 벗어날 수 있을 것 같고 안심될 것이다. 옛날에 한 동네가 아이를 키웠듯이, 동네의 의사, 약사, 상인, 집배원, 이웃이 돌봐주는 '치매안심마을'이 늘어나고 있는 건 반가운 일이다. 환자의 배회와 실종을 막는 안전 지킴이 역할을 약국, 병원, 다양한 상점이 하는 것이다. 치매 노인의 실종이나 배회를 막을 장치가 가득한 치매안심마을에서는 치매 환자가 집 근처에서 혼자 산책할 수도 있다.

이런 곳이 확산되면 좋겠다. 마을이 협력하여 치매 환자를 존중하고 보호한다면 치매여도 개인과 가족이 불행하지 않을 것이다. 고령화 사회에서 치매 환자에 대한 사회적 안전장치는 점점 늘어날 것이다. 치매에 걸려도 당당하고 좀 더 따뜻한 세상이 되기를 희망해본다.

마찬가지로 장애인 안심마을도 있으면 좋겠다. 결혼 생활 30년

만에 집을 장만해서 이제는 이사 다닐 일은 없다. 아이는 동네 사람들에게 어느 정도 눈도장을 찍었다. 한번은 아이를 따라 아이가 혼자 오가는 교육센터에 가는데, 집 바로 위에 있는 병원의 주차요원 아저씨가 오늘은 혼자 가지 않고 엄마랑 가냐며 아이에게 아는체를 한다. 그 옆에 있는 가게 앞을 정리하던 상점 주인도 아이에게 인사한다. 마주 오던 나이 드신 분이 출근길에 큰아이에게 아는체를 한다. 아이와 마트를 다녀오는 길에 햇볕을 쬐려고 나오신 할머니 한 분이 우리 아이를 중학교 때부터 봤다며 요새는 지하철 안 타느냐고 물어봐주신다. 동네에서 오래 살다 보니 주변 사람들이 우리 아이의 얼굴을 알고 있었다. 알아봐 주는 이웃들에게 인사를 잘하라고 아이에게 한 번 더 당부했다. 이웃사촌이라는 말을 실감한 날이었다.

아이가 중학교 때 외부 활동을 하러 나가서 2호선으로 갈아타야 했다. 그런데 아이가 없어졌다고 학교 선생님으로부터 연락이 왔다. 낯선 곳이라 막막했는데, 얼마 지나지 않아 파출소에서 연락이 왔다. 어느 특수학교 교장 선생님이 지나가다가 우연히 횡단보도를 건너는 아이를 보게 되었단다. 비 오는 날 우산도 없이 이쪽저쪽 뛰어다니는 모습이 일반적이지 않다고 느꼈을 거다. 길을 잃은 장애인이라는 걸 알아차리고 가던 길을 돌아와 아이를 도왔단다. 엄마의 이름을 물어보고 아이가 알아보지 못할 정도로 엉망으로 적은 핸드폰 번호를 조합하여 전화한 것이다. 잃어버릴 뻔한 아이를 들여다보아준 교장 선생님은 파출소에서 보호자와 통화하는 걸 보고 내가 도착하기 전에 떠나셨기에 고맙다는 인사도 못 드렸다.

매일같이 장애인 실종 안전문자를 받는데 안타까운 마음이 가득하다. 오래전 아이를 찾아준 교장 선생님처럼, 지나가는 사람들이 조금만 관심을 가지면 큰 도움을 된다. 누군가의 아들과 누군가의 아버지를 찾기 위한 안전문자를 볼 때 마음이 아리다. 이들은 누군가가 눈여겨보고 도움을 주어야 집으로 돌아갈 수 있다.

장애인 형을 둔 동생

요즘에는 아이가 셋이라고 하면 애국자라고 한다. 그러고는 대부분 성별을 묻는다. 아들만 셋이라고 하면 "하나라도 딸이면 좋았을걸" 하며 괜히 물어봤다는 표정을 짓는다. 하지만 나는 동생들이 큰아이와 성별이 같아 다행이다 싶다.

주변에서는 좀 더 커봐야 안다고들 얘기했지만, 난 아이가 장애인이 될 것을 예감했다. 간호학을 공부했고 중환자실 간호사로 7년간 일하면서 의학적인 상식이 적지는 않았다. 무엇보다 한번 손상된 뇌와 신경은 원래대로 돌아갈 수 없다는 걸 너무도 잘 알고 있었다. 내 아이만 예외일 거라고 믿을 수 없었다. 동생이 태어나면 함께 놀면서 자연스레 좋아지지 않을까 하는 기대가 있었다. 그렇게 태어난 남동생은 참새처럼 말도 잘하고 성격도 활달했다. 따로 신경 쓰지 않아도 글자를 익혔기에 뭐든 잘하는 아이라고 생각했다.

둘째를 형과 같은 초등학교에 입학시켰다. 어련히 알아서 잘하겠지 싶어 크게 관심을 두지 않았다. 어느 날 복도에서 1학년이 된 둘째의 담임선생님과 맞닥뜨렸다.

"○○이는 학급에서 학교 생활을 잘하나요?"

"예. 4분의 3 정도 따라간다고 생각하시면 됩니다."

뜻밖의 대답에 당황했다. 천재 정도는 아니어도 우수한 학생이지 않을까 싶었던 것이다.

"좀 느린가요?"

"네, 제일 늦게까지 문제를 붙들고 있다가 내라고 재촉하면 내는 편이지요."

순간, 큰아이에게만 신경 쓰느라 둘째 아이를 방임했다는 생각이 들어 미안했다. 장애인 형을 둔 건 죄가 아니고 본인의 선택도 아닌데 우리 집에 태어나서 손해 봤구나 싶었다.

1순위가 되지 못한 채 자란 둘째 아이는 훈남으로 잘 자랐다. 그리고 형의 손을 잡고 횡단보도를 같이 건너고 신발을 벗겨주고 실내화로 갈아 신기며 오랫동안 태권도장을 같이 다녔다.

혹시 침을 흘리고 똑바로 걷지 못하는 형이 부끄럽지는 않았을까 싶어 솔직히 어릴 때 어떤 마음이었는지 묻자, 예민하지 않은 성격이라 그랬는지 형이 부끄럽지 않았단다. 그래서 둘째가 좋다. 동생들은 장애에 대한 이해와 감성지수가 높아서, 동생들이 형을 무시하지 않고 존중하며 부모가 없어도 잘 지낼 거라고 믿는다.

장애 아이와 30년을 살다 보니

장애가 있는 아이를 키운 지 30년이 되었다.

"내가 너 때문에 진짜 못살겠다."

아이가 문제를 일으키면 이렇게 험한 말을 하곤 했다. 그러나 결론적으로 말해 난 아이로 인해 못살지 않았고 오히려 잘 살았다. 아이 덕분에 음악치료사가 되었고, 내가 만나는 아이들도 내 아이처럼 쳐다보니 이해하게 되었다. 불행하지도, 불쌍하지도 않다. 그런데도 내가 혼자 다닐 때와 아이와 동행할 때 사람들이 바라보는 시선이 다르다. 아이와 함께 걸어가면 안됐다는 표정이다.

친척 오빠의 장례식에서 오랜만에 만난 사촌 언니는 이런저런 얘기 끝에, "그런데 물어보기도 좀 그렇지만, 큰애는 좀 어떠니?" 하며 내 눈치를 살폈다. 나는 잘 웃고 엄마를 좋아하는 큰아이 덕분에 책까지 썼다고 자랑했다.

한때는 세상이 잿빛이었다. 동동거리며 사느라 하늘을 올려다보지 못했고, 길가의 꽃에 눈길이 멈출 틈이 없었다. 장애 아이를 키우느라 몸이 바빴고 마음의 여유도 없었다. 지금은 달라졌다. 일상이 달라진 건 아니지만 숨 쉴 틈이 생겼다. 파란 하늘이 눈에 들어오고 예쁜 꽃과 알록달록한 단풍이 보이는 걸 보니, 내 마음이 평안해졌나 보다. 세상에 색이 입혀지면 세상은 살아갈 만한 곳이 된다.

일과를 마치고 창밖으로 고개를 돌렸더니 어느덧 겨울이 부쩍 다가와 가을날 화려하게 치장했던 나무는 울긋불긋한 단풍을 가지 끝에서 밀어내고 있었다. 수많은 입을 떨구고 추운 겨울을 이겨낸 나무는 초라하지 않다. 차고 매서운 겨울을 겪은 나목만이 훈장처럼 나이테를 두르니까. 인생에는 고통 총량의 법칙이 있다고 늘 생각한다. 그동안 힘들고 서러웠던 시간으로 내 몸에 단단한 여러 겹의 나이테가 생겼을 거다. 나는 전보다 강하고 담대해지고 단단해졌다. 좋은 목재로 쓰일지도 모르겠다.

원했던 대로 삶을 사는 사람이 얼마나 될까? 세상에는 뜻대로 살아가는 사람보다 뜻하지 않은 길을 걷는 사람이 더 많다. 장애 아이의 엄마가 된 건 뜻밖의 일이지만, 계획에 없던 일이 생겼다고 좌절할 필요는 없다. 그저 최선을 다하면 된다.

아이가 획기적으로 좋아지지는 않았다. 대신 내 마음이 획기적으로 바뀌었다. 이따금 아이의 문제행동에 불쑥 울화도 치밀어 오르지만, 좀 더 현명하게 문제 해결에 초점을 맞추려 노력한다. 언제든 아이의 문제행동이 예고 없이 닥칠 테지만, 이제는 지나가는 손님처럼 취급하면 될 일이다.

"못살겠다, 내가 죽어야 끝이 나려나" 하며 무한 반복하던 구질구질한 말과 마침내 이별했다. 이런 말은 이제 과거의 말이 되어버렸다.

이쯤 되니 나를 성숙하게 만들어준 아이에게 고맙다.

아는 만큼 보인다

이전보다 장애에 대한 관심이 높아지고, 장애인 복지도 나아지고 있다. 장애인은 전체 인구의 5퍼센트를 차지하는데 그중에 90퍼센트가 후천적 장애인이다. 누구나 살면서 장애인이 될 수 있기에 장애는 남의 일이 아닌데도 사람들은 장애에 대해 잘 모르고 장애인은 나와 다른 사람이라고 생각한다.

예전에 신체적 손상이 있는 장애인을 험한 사람으로 표현한 영화를 봤다. 그 탓인지 지체 장애인을 보면 무서웠다. 어린 내게 무섭다는 건 기분 나쁜 것과 같은 느낌이라 장애인은 나쁜 사람이라고 막연히 생각했다. 고향 집 근처의 기찻길 옆 큰 마당이라고 불리던 곳에서 본 총각도 나쁜 기억에 한몫을 더했다. 머리를 삭발한, 키가 전봇대처럼 큰 총각은 늘 몸을 흔들며 실실 웃었다. 지금 생각하니 지적장애인 같다. 큰 마당에 그가 서 있으면 무서워서 그냥 집으로 들어왔다. 사람들은 그를 바보라고 불렀다. 나에게 피해를 준 것도 아닌데 보는 것만으로 불쾌했다. 어린 시절 이렇게 장애인은 나에게 불쾌하고 무섭고, 그래서 나쁜 사람이었다.

잘 몰라서 그런 생각을 했던 거다. 아는 만큼 보인다. 많은 사람들이 장애가 있다는 이유로 섣불리 판단하고 실제보다 더 낮게 평가하는 오류를 범한다.

우리 아이는 사람들 눈에 어떻게 비칠까? 남이 보든 말든 입을 떡 벌리고 하품하고, 지하철에 빈자리가 나면 얼른 가서 앉자마자 다리를 쩍 벌리는 아이, 바지를 뒤집어 입은 줄도 모르고 온 동네를 오가는 아이. 혐오의 대상이려나? 밖에 나갈 때 냄새나지 않게 씻기고 머리끝부터 발끝까지 매의 눈으로 점검하지만, 한계가 있다. 입만 다물면 장애인인지 표가 나지 않는 발달장애인도 있으나, 내 아이는 한눈에 봐도 다르다. 정직하게 'ㄴ' 자로 꺾어진 팔과 지독한 팔자걸음은 어둠 속에서 윤곽만 보고도 알 수 있다.

어린아이가 길을 잃었다면 어른들이 다가가서 말도 걸고 도와주겠지만, 다 큰 발달장애인이라면 길을 헤매도 사람들은 눈여겨보지도 않고 그냥 지나칠 거다. 의사소통에 어려움이 있는 발달장애인이기에 먼저 도와달라고 말할 수도 없다. 조금만 들여다보면 무엇을 도와주어야 하는지 알 수 있을 텐데, 몰라서 도와줄 수 없다.

장애인에 대해 아는 건 세상을 함께 살아가는 장애인과 비장애인 모두를 인간화하고 선진 시민이 되는 일이다. 비장애인들은 장애에 대해 알아야 실수하지 않을 수 있다. 장애인은 불쌍한 사람도, 아픈 사람도, 무서운 사람도, 무조건 도움이 필요한 사람도 아니다.

가끔 장애인은 불쌍하고, 장애인 가족은 더 불쌍하게 보는 경우가 있다. "전생에 무슨 죄를 지어서"라며 안쓰러워하는 사람들을 보았다. 나도 한때 스스로 불행하다고 생각했다. 반복적으로 불거져 나오는 일상의 문제에 지칠 대로 지칠 때 "내가 무슨 죄를 지었다고"라는 말이 저절로 나왔다.

그런데 불편한 것과 불행하다는 건 다른 말이다. 불편하다고 불행한 건 아니다. 장애가 있으면 불편한 일은 셀 수 없이 많다. 특히 육체적 장애가 있는 아이를 키우려면 먹이고 입히고 씻기고, 죄다 엄마의 손을 거쳐야 한다. 엄마 없이 외부에서 1박이라도 해야 하면 화장실에 비데가 있는지, 남자 자원봉사자가 따라가는지 확인하고 여벌 옷을 넉넉히 챙겨 넣는다. 가방에는 아이 이름과 엄마 핸드폰 번호를 적은 태그를 달아둔다. 지금도 실종 방지를 위한 스마트워치를 손목에 채워야 마음이 편하다.

그런데 이렇게 일상이 불편한 아이는 나보다 자주 웃는다. 이제는 내가 대사를 외울 정도로 보고 또 본 〈짱구〉나 〈도라에몽〉을 여전히 재밌어하며 깔깔 웃고, 〈우리말 겨루기〉를 보며 참가자가 문제 맞힐 때마다 박수를 친다.

요즘은 TV에서 보고 배운 아재 개그를 외운다.

엄마: 학생들이 싫어하는 나무는?

아이: 야자나무.

야자를 해본 적도 없으면서 어디서 잘도 주워듣고 말한다.

엄마: 그럼 폐차장 직원이 좋아하는 차는?

아이: 구기자차?

엄마: 딩동댕동. 맞았습니다. 짝짝짝!

장애는 극복할 일이 아니다. 부족하면 부족한 대로, 잘하는 건 잘하는 대로 인정해주며 살면 된다. 장애 자녀를 둔 엄마나 가족에게도 안됐다거나 대단하다는 말은 하지 않았으면 좋겠다.

우리 집은 장애가 있는 큰아이 덕분에 웬만한 문제는 대수롭지 않게 여긴다. 자잘한 것에 일일이 신경을 쓸 수 없다는 한계 때문일 수도 있겠지만, 어쨌든 동생들의 학업이나 진로 선택 면에서 너그럽다. 손이 많이 가는 아이를 키우느라 다른 아이들에게 늘 미안한데, 아이들은 옥죄지 않고 엄마가 풀어주어 좋았다고 한다. 독립적이고 장애에 대한 감수성이 높고 정의로운 동생들이다. 장애인이 있는 우리 집은 아이로 인해 웃음꽃이 자주 핀다. 사회적인 편견과 세심하지 못한 복지 정책으로 사회적 장애를 느끼지 않는다면 더 행복할 수도 있겠다.

글은 나에게 일상이다

얼마 전 막내가 담임선생님과 곧 상담하는데 형 얘기를 꼭 해야 하는지 물었다. 나는 선생님께서 너를 이해하는 데 도움이 될 거라고 얘기해주었다. 그랬더니 장애가 있는 형이 부끄럽지 않지만, 형과 결부시켜 자신을 평가하는 건 싫다고 했다. 그러니까 "형 때문에 힘든 일이 많았겠구나"라든가 "어쩐지 배려심이 남다르더라"라는 말을 들을까 봐 불편한 거였다.

나도 마찬가지다. 말하기를 좋아하지만, 장애가 있는 내 아이에 대해서는 얘기는 많이 하지 못했다. 또래 사람들 만나면 아이 키우는 얘기가 대부분이라 다소 불편할 수 있고 길게 설명하기가 싫었다.

"아이는 어느 정도야?"

"참 열심히 살았네."

"얼마나 힘들었을까."

"일하랴, 장애 아이 키우랴, 고생했어."

"엄마 정성으로 점점 나아지겠지."

이런 말을 들으면 얼굴이 달아오르고 어디 숨고 싶다.

평가, 참견, 입방정, 오지랖은 불편하다. 나는 태산 같은 어머니 사랑이 있는 사람도 아니고 아이에게 내 시간을 온전히 쏟아붓는 희생정신도 없다. 동정이나 위로, 칭찬을 받고 싶지 않아 아이 얘기를 하지 않기도 했다. 아이에 대해 하고 싶은 말은 많은데 충고, 조언, 평가, 판단 없이 들어줄 사람이 없었다. 이런 이유로 내가 살아가는 일상과 아이 이야기를 옆 사람에게 말하듯 글로 쓰곤 한다.

큰아이가 건강하지 않아 자석처럼 붙어 같이 시간을 보냈던 과거에는 글을 끄적이거나 노래를 들을 시간이 없었다(나는 아이가 장애인이 된 시기인 1990년대 가요를 전혀 모른다). 그 시절에 비하면 지금은 호시절이다. 우연히 시작한 글쓰기로 삶의 질이 달라졌다. 불편하고 불안해서 글을 썼고, 글에다 불평과 불만을 다 쏟아놓았더니 어깨를 짓누르던 돌덩이가 치워졌다. 그리고 마음속 앙금이 풀려 말랑말랑해졌다. 이제는 글쓰기가 밥 먹고 양치질하듯 일상이 되었다. 바로 옆에서 확성기처럼 울려 퍼지는 TV 소리를 들으며 글을 자유롭게 쓸 수 있는 상태로 발전했다. 글을 쓰다가 가끔 아이에게 만화 내용도 물어본다. "지금 나오는 짱구 친구 있잖아. 이름이 뭐더라? 돌멩이 모으는 친구지?" 하면 "맹구"라며 바로 알려주는 내 아이. 아이의 관심사를 읽어주고 나누면 좋아한다.

글쓰기를 하면서 구석진 방 같았던 내 삶에 햇볕이 들어왔다. 전전긍긍하던 지난날의 나를 위로하고, 무한 반복의 현재에서 소소한 기쁨을 발견하게 되었으며, 밝은 미래를 꿈꾼다.

나에게 운동이란?

나이가 들면서 몸을 움직이는 행위가 기분을 바꾸어 준다는 걸 깨달았다. 그래서 줌바 댄스 운동을 5년 넘게 하고 있다. 유산소 운동이면서 근력을 키울 수 있고, 무엇보다 기분이 좋아진다. 우렁차게 소리 지르고 나면 쌓인 스트레스가 해소된다. 선생님의 동작을 어설프게 따라 하는 거울 속의 내 모습이 우스꽝스러워서 웃게 된다. 땀범벅이 된 몸을 깨끗하게 씻고 나오면 좋지 않았던 기분이 희석되거나 좋은 기분으로 바뀌기도 한다.

어떤 날은 쉬고 싶어 하루 빠질 궁리를 할 때도 있다. 그러다 어느 순간 좀비처럼 벌떡 일어나 음악이 흐르는 곳으로 향한다. 줌바 댄스 교실은 앞면 전체가 거울로 되어 있다. 흥겨운 음악에 맞추어 춤을 추는 사람들을 보며 저들이라고 누구나 삶이 편할까 싶다. 가족이 아픈 사람도 있고, 자잘한 걱정거리를 달고 온 사람도 있을 거다. 분명한 건 격렬하게 몸을 움직이고 땀을 내다보면 우울함이나 고민이 사그라든다는 거다. 우울은 과거에서 오고 불안은 미래에서 오는 거라, 현재에 집중하다 보면 문제는 희석되거나 작아진다.

어디선가 누군가에 무슨 일이 생기면 짜짜짜짜짜짱가
엄청난 기운이 틀림없이 틀림없이 생겨난다

어릴 때 따라 부르던 만화영화의 주제곡이다. 장애 아이의 엄마인 나는 크고 작은 아이의 일을 해결해야 하는 책임이 있다. 몇 년 전만 해도 겨우 몇 퍼센트 남은 배터리처럼 축 처지다가도 자고 일어나면 아침 해와 함께 에너지가 가득 충전되었는데, 요즘은 기운이 채워지지 않는다. 점점 나이가 들면서 불도저 같았던 체력이 떨어진 걸 느낀다. '체력이 정신력을 이긴다'는 걸 절감한다. 체력을 유지해야 마음을 병들지 않는다.

장애 아이와 30년을 살다 보니 몸이 건강하지 않으면 짜증을 쉽게 내고 어려운 문제 앞에 좌절한다는 걸 알게 되었다. 내 몸이 편할 때는 나를 반가워하는 아이가 고마운데 내 몸이 천근만근일 때는 이 또한 짜증 나는 일이라 소리를 빽 지르게 된다. 몸이 아프면 짜증스러운 말이 말릴 새도 없이 속사포처럼 튀어 나간다. 한번 화가 나면 산불처럼 여기저기 번진다. "내가 죽어야 이 꼴을 안 보지"라는 험한 말은 몸이 고단할 때, 체력이 떨어질 때면 입을 틀어막을 새도 없이 나온다. 이제는 심장이 터져버릴 것처럼 화를 내거나 심장이 녹아버릴 것처럼 슬퍼하면 병이 생기는 나이가 되었다. 건강할 때 몸을 관리하지 않으면 병들어 후회하게 된다.

엄마가 건강해야 장애 자녀를 이해할 수 있고, 야단치지 않으면서 제대로 돌볼 수 있다. 그래서 운동을 한다. 운동은 내가 품위 있게 살기 위한 방편이다. 운동은 나에 대한 최소한의 배려이고 예의다. 지킬 것이 있는 자는 강하다. 아이를 지키기 위해 나는 병들고 약해지면 안 된다. 그러므로 아이를 집에 두고 운동하러 나가는 건 아이를 방치하는 게 아니라 내 몸에 적금을 붓는 일이다.

일상에서 교육과 훈련과 치료를 한다

가을은 참 예쁘다. 새파란 하늘에 씻어놓은 듯 하얗고 몽글몽글한 구름이 아이스크림처럼 떠 있다. 이 좋은 계절에 거북목을 하고 TV 앞에만 앉아 있는 아이를 보니 한숨이 나왔다.

"밖에 나가서 운동장 한 바퀴 돌고 올까?"

아이는 틈을 두지 않고 "아니요"라고 말했다.

아이가 TV 리모컨을 고장 내거나 연결선을 잘못 끼워 파손하거나 뭔가 문제를 만들면 내가 가장 많이 한 말이 "밖으로 나가!"였다.

아이를 씻기다 보니 엉덩이 아래쪽에 거뭇거뭇한 굳은살이 보였다. 센터에 가지 않는 날에는 밥 먹을 때와 화장실 갈 때 말고는 엉덩이를 바닥에서 떼지 않아 생긴 결과물이다. 특단의 조치를 취할 수밖에.

세탁이 다 된 빨래를 가져와 아이에게 부탁한다.

"아이고, 무거워라. 이 많은 빨래를 널려면 엄마가 얼마나 힘든지 알아? 좀 도와줄래?"

빨래가 무거운 척 낑낑대며 햇볕이 내리쬐는 베란다로 나가면 아이가 뒤따라 나온다.

"엄마가 알려준 거 잊지 않았지? 수건은 펴서 널고 집게로 집으면 돼."

빨래집게부터 손에 쥐고 있는 아이에게 수건부터 펴라고 알려주고 혼자 해보게 하니 방금 탈수되어 나온 똘똘 말린 수건을 어떻게든 건조대에 걸어보려고 애쓴다. 눈물겹다. 비어 있는 건조대에 수건을 걸쳐 올려놓고 집게를 꽂기 위해 안간힘을 쓴다. 비어 있는 빈 줄 찾기, 수건을 최대한 바르게 펴기, 큰 집게를 벌려서 꽂기를 차근차근 알려준다.

소근육이 약하고 손의 경직이 심한 아이가 뭉쳐 올려놓은 서너 개의 수건은 아이가 들어가자마자 다시 내 손을 거쳐야만 고르게 햇빛을 볼 수 있지만 거실로 들어와 폭풍 칭찬을 쏟는다.

"네가 도와줘서 얼마나 편한지 모르겠구나. 자, 이제는 수건을 개어 보자."

"아, 또 해야 돼?"

말은 그렇게 하면서도 아이 앞에 수건을 서너 개 놓아주니 아이는 두 손으로 요리조리 만진다. 아니라는 말은 최대한 아껴야 아이가 끝까지 할 수 있다는 걸 알기에 입을 틀어막고 지켜만 본다. 며칠 전에 알려주었는데 그새 죄다 까먹었는지 수건을 돌돌 말고만 있다.

"제일 먼저 수건을 펴주세요. 그다음에 반으로 접어요. 꾹꾹 가장자리를 눌러주세요. 다시 한번 반으로 접어주세요. 네, 맞아요. 그리고 옆으로 돌려주시고요. 한 번, 두 번 접고 다시 꾹꾹 눌러주면, 완성입니다. 짝짝짝."

요리 교실 선생님처럼 순서를 차근차근 말해주며 최대한 천천히 수건을 개는 방법을 보여준다. 아이가 접은 수건이 마음에 들지 않아도 나머지도 또 접어보게 하고 품평회를 갖는다.

"세 개 중 어느 게 가장 잘 접은 거 같니? 나는 이거."

아이는 손을 이리저리 움직이니 수건을 개는 것도 작업치료의

효과가 있다.

최근에는 똑바로 양말 신기에 도전 중이다. 양말을 신으라고 주면 발뒤꿈치 불룩한 부분이 매번 발등에 와 있었다. 순서를 익혀 반복 훈련하면 될 듯하여 연습 중이다. 양말을 편다. 발목 부분이 몸 쪽으로 오게 방향을 돌린다. 발뒤꿈치 부분끼리 뽀뽀하게 맞댄다. 눈앞의 양말을 하나씩 발에 넣는다. 아이에게 쉬운 일은 하나도 없지만 포기하지 않으련다.

이번에는 언어치료 순서다. 며칠 전에 사서 숙성시킨 단내가 풀풀 나는 멜론을 깎아 TV 앞에 있는 아이 입에 한 조각 넣는다. 아이는 퀴즈 프로그램을 즐기기에 진행자 멘트를 따라 해본다.

엄마: 자, 지금 먹은 과일은 무엇일까요?

아이: 배인가?

엄마: 아, 아닙니다. 다시 한번 기회를 드리겠습니다.(한 조각 입에 또 넣어준다.)

아이: 알았다. 참외?

엄마: 아아, 안타깝네요. 맛이 참외와 비슷하긴 합니다만.

아이: 레몬? (아마 무언지 아는데 멜론을 발음하지 못한 것이리라.)

엄마: 네, 정답은 멜론입니다, 멜론.

아이의 얼굴을 돌려 엄마의 입을 보여주며 '멜론'이라고 발음하는 법을 보여준다. "양이 어떻게 울지? 매에에에" 하며 메라고 알려주지만, 발음이 힘든가 보다. 내가 원하는 만큼 명확하게 들리지 않아 계속 고쳐주고 싶지만 여러 번 시키면 싫어하니까 이쯤에서 그만두어야 한다. 오늘의 언어치료도 이걸로 끝.

이제 남은 건 내 전공인 음악치료 시간이다.

"피아노 한 번만 치자."

"아, 또 해야 돼?"

아이는 말로는 투덜대지만 따라 일어선다. 피아노에 앉은 아이에게 멜로디를 치게끔 처음 시작할 때의 건반 위치를 알려준다. 실패의 경험이 적을수록 계속할 수 있기 때문이다.

겨우 해치운다는 느낌으로 박자도 맞지 않게 치는 아이를 보면 울화통이 치밀지만, 목구멍 안쪽으로 꾹 밀어 넣고는 "저번보다 잘하네. 한 번만 더 해보자" 하며 아이를 꾄다.

피아노를 치는 이유는 손가락을 독립적으로 사용하게 하기 위해서다. 약지와 새끼손가락이 거의 붙어 있고 경직이 심해서 손가락을 따로따로 움직이는 것이 전혀 불가능했는데, 아주 조금씩 좋아지고 있다. 조급한 마음을 누르고 야단치지 않고 기다려주면 아이는 조금씩 향상되리라. 오늘의 음악치료 수업도 어르고 달래서 마쳤다. 아이는 과연 재미있었을까?

존중과 배려

이따금 식구들과 외식을 한다. 남편은 둘째와 막내에게 메뉴판을 보여주며 먹고 싶은 걸 고르라고 한다. 두 아들이 먹고 싶은 걸 말하고 남편이 주문하려 할 때, 나는 큰아이를 바라보며 다급히 저지한다. “잠깐만, 얘는 뭐 먹고 싶은지 왜 안 물어봐?”

남편은 글자를 모르는 애가 뭘 결정할 수 있겠냐고 말하지만, 물어보지 않아서 말하지 않은 것이다. 말을 하지 않는다고 해서 생각이 없는 건 아니기에 적극적으로 자기표현을 하지 않는 큰아이에게도 선택할 기회를 주어야 한다. 음식점에 가서 음식을 시킬 때 평소 좋아하는 몇 가지 메뉴를 알려주고 선택할 기회를 준다. 집에서도 밥을 차리기 전에 “된장찌개 먹을래, 계란탕 먹을래?” 하고 묻는다.

아침에 옷을 입힐 때도 어느 옷을 입을지 선택하게 한다.

"오늘 아침은 13도이고 낮에는 20도래. 따뜻한 후드 티셔츠 하나만 입을래, 아니면 얇은 티셔츠에 점퍼를 입을래?"

아이가 뭘 제대로 알고 선택할까, 미리 내 멋대로 생각하지 않는다. 아이에게도 선택의 기쁨을 주고 싶다. 센터에서 바깥 활동이 있어 간식을 준비해야 할 때도 마트에 가서 먹고 싶은 음료수와 과자를 직접 고르게 한다. 물론 선택의 범위는 넓지 않다. 비장애 자녀는 진로나 취업을 스스로 선택할 수 있지만, 장애가 있는 아이는 교육기관과 치료기관을 알아서 선택할 수 없고 마음에 드는 선생님이나 치료사를 선택하는 것도 불가능하다.

이전에는 아이의 의사를 물어보지 않고 일방적으로 내가 아는 장소에 데려가서 나와 같은 음식을 주문했기에 아이가 뭘 좋아하는지 몰랐다. 그런데 어느 날 기관 선생님이 아이가 짜장면을 좋아한다고 말해주었다. 바깥 활동 후 점심 먹으러 가면 짜장면과 돈가스를 자주 시킨다는 말에 그제야 아이가 좋아하는 음식을 알았다. 내 아이라 내가 제일 잘 안다고 생각했는데, 그런 것만도 아니었다. 아이가 좋아하는 장소, 좋아하는 활동, 좋아하는 음식, 좋아하는 음악에 대해 조금씩 알아가는 중이다. 아는 만큼 보인다. 모르면 오해하고, 알면 이해할 수 있기에 오늘도 아이를 알아가고 있다.

아이가 보던 〈검정 고무신〉의 한 토막이 생각난다. 주인공 기영이가 산신령에게 소원을 빌었다. 사람들이 무조건 도와주고 싶은 마음이 들게 해달라는 것이었다. 처음에는 도움받는 걸 즐기다가 자신이 원하지 않아도 돈이나 도움을 주는 사람들을 보면서 다시 산신령을 찾아가 제발 도움받아야 하는 마법을 풀어달라고 한다.

이렇듯 도움받기 싫은데 도와주는 건 배려와 친절이 아니다. 상대가 원하는 것, 필요한 것을 해줘야 도움이고 배려다. 배려는 그 사람이 할 수 있는 걸 대신해 주는 것이 아니라 믿고 지켜봐 주는 것이다. 그러니까 뒤에서 밀어주는 사람보다 같이 속도를 맞춰 걸어주는 사람이 고맙다.

요즘은 기도의 내용이 점점 구체적으로 추가되고 있다. 이전에는 혼자 할 수 있는 일이 많아지기를 기도했는데, 이제는 다른 사람들과 어울리고 사랑받으며 더 나아가 존경받을 수 있는 사람이 되면 좋겠다고 기도한다.

또 하나의 편견과 선 긋기

어느 날 갑자기 아이가 장애인이 되었을 때, 유전질환이나 염색체 질환처럼 선천적인 문제가 아니라서 회복될 수 있다고 착각했다. 후천적 사고가 원인인 내 아이는 선천적 장애인보다 좀 낫다는 어이없는 우월감도 있었던 것 같다.

몸을 가누기 어려운 뇌병변이나 지체장애인의 머리는 좋을 수 있고, 발달장애인은 타인에게 관심이 없고 자기 세계에 빠져 있을 거라는 생각, 덩치가 크고 뛰어다니는 장애인은 왠지 공격적일 거라는 생각도 모두 잘못된 편견이다.

내 아이는 지하철에 자리가 났을 때 얼른 가서 앉는다. 다리를 모을 줄 모르기에 다리를 쩍 벌리고 앉는데, 옆에 앉은 아가씨에게 다리가 닿으면 성적 접촉자로 오해받을 수도 있다. 아이는 여자인지 남자인지 관심조차 없는데 말이다. 누가 보든 말든 하품하고 코를 후비기도 한다. 바지를 뒤집어 입은 줄도 모르고 거리를 활보하며 전봇대에 붙은 전단지를 뜯어서 바닥에 버리니 아주 형편없는 사람으로 보일 수도 있겠다.

감정 표현이 과하고 자기 생각을 정확히 표현할 수 없는 아이지만, 어쩌다 하는 한마디에 우리 식구들은 깜짝 놀라기도 한다. 그러면 이런 것도 알고 있다 싶어서 큰아기 대하듯 하지 말아야겠다고 마음먹는다. 옷을 똑바로 입지 못한다고, 신발을 바꾸어 신는다고, 밥을 흘리며 먹는다고 해서 아무것도 할 줄 모르는 사람이 아니다. 장애는 그저 특성일 뿐이다.

아이는 움직일 수 있는 손가락으로 리모컨을 꾹꾹 눌러서 자기가 보고 싶은 만화나 노래를 찾는다. 엄마를 좋아하지만, 자기만의 생각도 있기에 무조건 엄마 말을 따르지도 않는다. 때로는 쓸데없이 고집부려서 엄마를 화나게 하지만, 자세히 들여다보면 아이에게는 선택의 근거가 있다.

장애인은 도움을 받아야 하는 사람, 불쌍한 사람, 무능한 사람이라는 선 긋기가 또 다른 장애를 만든다. 모든 국민은 행복을 추구할 권리를 갖는다. 장애인이 행복하려면 장애인을 차별하는 사회적 장애가 없어져야 한다. 교육이든 직업이든 능력을 발휘할 수 있는 기회를 제공하는 제도적 장치가 더욱 필요하다. 장애와 상관없이 똑같이 존중받는 사회, 장애보다 사람이 먼저 보이는 성숙한 사회가 되면 좋겠다.

엄마보다 배려 깊은 동생

나는 외출이 있는 날이면 집에 있는 막내아들에게 형을 부탁한다.

새벽에 일찍 집을 비운 날이었다. 막내아들에게 전화로 별일 없었냐고 물으니, 아침에 형의 배변 뒤처리를 도와주었단다. 마음이 짠했지만, 다른 사람들이 있는 자리라 담담한 목소리로 애썼다고 간단하게 말하고 전화를 끊었다.

집에 돌아와서 큰아이에게 동생이 있어서 도움받을 수 있으니 다행이라고 말했다. 그런 나를 쳐다보는 막내아들의 눈빛이 탐탁지 않아 보였다. 조용히 제 방으로 부르더니 형이 있는 자리에서 그런 말을 하면 어떡하냐고 나를 나무랐다. 형이 얼마나 자존심이 상하겠냐며. 게다가 자신이 엄마에게 고자질한 꼴이 되었으니 동생인 자신에게 실망했을 수도 있다며, 엄마가 경솔해서 형제 사이를 망칠 수도 있다고 했다. 열여덟 살 아이가 엄마보다 생각이 깊다. 큰아이를 배려하지 않거나 성인으로 대하지 않고 아기 대하듯 함부로 대하는 내 태도를 반성하게 되었다.

이따금 막내의 부드럽고 합리적인 태도에 감탄한다. TV 볼륨이 너무 커서 공부에 방해가 될 정도면 막냇동생은 거실로 나와 형에게 조용히 부탁한다. 지금 영어 듣기 문제를 푸는 중이니까 30분 동안만 조금 소리를 줄여달라고. 큰아이는 막내의 부탁이라면 알았다며 흔쾌히 들어준다. 막냇동생이 자신에게 어떤 존재인지 잘 알고 있기 때문이다.

TV에 문제가 생기면 불같이 화내는 엄마와 달리, 막냇동생은 따지지 않고 "뭐가 어떻게 안 되는 건지 내게 알려줘. 내가 무얼 해주면 될까?"라며 부드럽게 형에게 말하고, 구체적인 도움을 준다. 부드러움이 강함을 이긴다는 걸 배운다.

장애가 있는 아이를 키운 지 30년이 되지만 아직도 미숙한 엄마다. 살아온 날이 40년이나 더 많은 나도 가끔은 열여덟 살짜리 아들에게 배우는 게 많다. 세심한 배려는 상대가 무얼 원하는지 상대의 마음을 읽어야 가능하고 꾸준한 연습이 필요하다.

소소한 웃음을 주는 아이

다니는 센터에서 매주 한 번씩 빵이나 쿠키를 굽는 베이커리 수업을 했다. 집으로 오는 길에 아이는 그날 만든 빵 이름을 얘기하고 주머니에서 꼬깃꼬깃 접힌 레시피를 꺼냈다. 빵을 만드는 순서를 얘기하고는 집에 오븐이 없음을 아쉬워했다. 아이는 매주 베이커리 수업에 참여하지만 완성된 빵을 먹지 못했다. 작업치료 수업이 있어서, 빵이 다 구워지기 전에 센터를 먼저 나와야 했기 때문이다. 치료 수업 끝나고 집에 오는 길에 빵집에 가서 똑같은 빵을 사주겠다고 해도 싫다고 했다. 아이는 자기가 만든 빵이 어떻게 완성되는지 궁금했던 것 같다. 그래서 종종 다음 날 오전에 선생님이 전날 가져가지 못한 빵을 챙겨주기도 했다.

어느 날 귀가 시간에 데리러 가니 빵이 일찍 구워졌는지 비닐에 포장된 마들렌을 들고 환한 얼굴로 내게 뛰어왔다. "먹지 않고 엄마

주려고 가져왔구나"라며 지레짐작하고 반갑게 받으니, 아이는 "아닌데"라고 말한다.

"엄마 주려는 게 아니었어? 네가 먹고 싶은 거야?"

뒷자리에 탄 아이에게 다시 마들렌을 건네주며 "그럼 엄마는 맛만 보게 조금만 남겨줘"라고 했다. 보통 집에서 엄마가 달라면 늘 주는 아이였기에 남길 줄 알았는데 입에 쏙 넣는 게 보였다. "어머, 빵이 다 어디로 간 거야?" 하니 "내가 다 먹어버렸지롱. 속았지롱" 하며 웃었다. 좀처럼 먹을 것엔 욕심이 없는데 배가 엄청나게 고팠나 보다. 괜히 서운해서 한마디 했다.

"나도 이제부터 맛있는 건 나 혼자 다 먹어야지."

우리 집 식구들은 뭐가 없어지거나 고장 나면 큰아이 탓을 한다. 아침에 물 빠지라고 비누를 스펀지 위에 올려놓고 나갔는데 돌아와 보니 비누가 없었다. 틀림없이 큰아이가 화장실 변기에 넣은 거라고 확신하고 문초를 시작했다. 그러나 큰아이는 만지지 않았다고 했다. 아침에 화장실 갔을 때는 봤는데 센터 다녀오니 없었다며 "권사님(활동 지원사)이 그런 거 아닌가?"라고 했다. 혹시나 싶어 확인해보니 빨래 건조대 아래에 얌전히 놓여 있었다.

나는 큰아이에게 어떻게 알았냐며 괜히 호들갑을 떨었다. 그러자 아이는 "내가 코난인가?"라며 웃음을 주었다. 아이는 평소 〈명탐정 코난〉을 즐겨 본다. 이렇듯 아이의 엉뚱한 말은 예상치 못한 기쁨을 준다.

아침 시간은 분주하다. 남편의 출근과 고등학생인 막내의 등교가 끝나고 큰아이를 씻기고 먹인다. 스스로 씻지 못하는 아이인 만큼 불쾌한 냄새가 나면 안 되니 매일 아침 머리를 감기고 몸을 씻어준다. 그런데 어느 날 깜빡 잊고 머리를 감기지 않았다. 50대 후반에 접어들면서 딴생각을 하다가 깜박 잊을 때가 많아졌다. "엄마가 잊어버리면 머리를 감지 않았다고 네가 말을 해야지"라고 하니 아이는 씩 웃으며 말한다.

"일부러 안 한 건데."

"뭐야. 머리 감지 않으려고 일부러 말하지 않은 거라고? 너도 다 계획이 있구나."

아이의 말과 행동으로 웃고 시작한 하루였다.

혼자 할래요

집에 들어서는데 락스 냄새가 코를 찌른다. 아이고, 이 녀석이.

아침에 꺼내 걸어놓은 두루마리 화장지가 반도 남지 않고 화장실 밖에 던져져 있다. 변기 안에 휴지를 많이 넣고는 물이 내려가지 않으니 내려가게 하려고 락스를 부었나 보다. 락스와 배수구 세정제와 원리가 비슷한 건지, 아무튼 물은 시원하게 내려간다.

큰아이가 화장실을 자주 막히게 해서, 나는 배수구 세정제를 밤에 몇 시간 부어놓았다가 아침에 물을 내리는 경우가 많다. 옆에서 보는 줄도 몰랐는데 큰아이는 내가 하는 걸 보고 따라 한 거다. 배수구 세정제와 용기가 비슷하다 보니 락스 3리터를 몽땅 쏟아부었나 보다. 락스는 함부로 열지 못하게 눌러서 돌리도록 뚜껑에 안전 잠금장치가 있는데, 약한 소근육으로 어떻게 뚜껑을 열었는지도 미스터리다. 이제부터 락스는 뒤 베란다에 내놓아야 하려나 보다. 아이의 눈을 피해 옮겨지는 우리 집 물건들로 인해 베란다가 점점 복잡해지고 있다.

문제가 생기면 엄마에게 들키지 않고 해결하기 위해 방법을 찾는 아이를 일단 칭찬해야 할까? 아이가 자꾸 증거인멸을 시도하고 있다. 생각지도 못한 일이다.

우리 집 치약은 새것을 꺼내놔도 얼마 지나지 않아 뚜껑이 빠지고 치약 몸통이 형태를 잃고 뒤틀리곤 한다. 큰아이는 힘 조절이 어려워 치약을 꾹 누르고, 그래서인지 세면기에 뱀처럼 길게 치약이 짜여 있는 경우도 많다. 매번 화장실에서 뚜껑 없이 몸통이 비틀린 치약을 볼 때마다 바닥에 떨어진 뚜껑을 끼우며 아이에게 잔소리를 했다.

"치약 뚜껑을 잠그지 않아서 치약이 짜지지 않아. 화장실 바닥은 더러우니 뚜껑 자꾸 떨어뜨리지 마. 그리고 치약 조금만 짜. 치약 뚜껑을 쓰레기통에 넣지 좀 마."

어느 날, 세면기 물이 빠지지 않는다는 막내의 볼멘소리를 들었다. 손전등을 비춰보니 세면기 안에 무언가 허연 물질이 보였다. 옷걸이를 길게 펴서 살살 끄집어내니 치약 뚜껑이 세 개나 들어 있었다. 치약 뚜껑 떨어뜨리지 말라는 말에 뚜껑을 다시 잠그지 못하는 아이가 세면기 안에 집어넣은 것이다. 엄마의 잔소리를 피하고자 증거 인멸을 벌인 큰아이는 엄마의 폭풍 잔소리를 들으며 다시는 하지 않겠다고 약속하고 등짝 스매싱을 맞고서야 끝이 났다.

수능 날에 비가 올 예정이라는 일기예보가 있었다. 내가 먼저 출근하게 되어 늦게 출근한다는 남편에게 큰아이를 센터에 내려주라고 당부했다. 센터에 잘 데려다주었는지 나중에 확인했더니 아이가 혼자 우산을 들고 갔단다. 요즘은 동남아 스콜처럼 갑자기 폭우가 쏟아지는지라 남편이 차로 뒤쫓아갔는데, 아이는 혼자 가겠다며 거절했단다.

저녁까지 폭우가 사납게 내린 날, 걱정스러운 마음으로 현관문을 열었는데 혼자 집에 와서 TV를 보는 아이를 보면 대견해서 미소가 번진다. 궂은 날씨에 혼자 집에 돌아온 아이에게 폭풍 칭찬을 하며 꼭 안아준다. 잠시 후, 문 앞에 세워둔 비닐우산을 보는 순간 엄마의 태도는 돌변한다.

'이런, 우산살이 다 부러졌네. 휴.'

아이의 말

"오늘 동아리에서 …… 간대요."

"어디?"

"공곡꿈이요."

"뭐라고? 다시 한번 천천히 말해봐. 또박또박."

"고……옹, 고……욱, 꿈."

"어딜 간다고? 다시 한번 말해봐."

꼭 알아맞히고 말겠다는 의지가 용솟음친다.

"뭐 하는 곳일까?"

"음, 집인데."

아, 머리에 전구가 켜지는 느낌이다.

"혹시 경복궁? 임금님이 살던?"

엄마가 자신의 말을 알아듣자, 큰아이는 제자리에서 껑충껑충 뛰며 내 목을 잡아 흔든다. 단서가 부족한데도 정답을 맞힌 나는 천재 같다.

며칠 후, 화장실 세면대 거울 앞에서 아이가 하는 말.

"오늘 동아리 가요."

나는 머릿속으로 아이가 챙겨 갈 물품의 목록을 생각하며 이번에는 어디 가는지 물었다.

"가하감이요."

어라, 이건 또 어디를 말하는 건가. 포기할 수 없다. 꼭 알아내리라. 센터에서 자주 가는 곳을 열거했다. 미술관? 박물관? 도서관? 아이는 아니라고 고개를 젓는다. 몇 번을 되물었지만 내 귀에는 여전히 가하감, 가하간으로 들렸다. 내 손바닥을 내밀고 아이에게 글씨로 써보라고 했다. 'ㄱ', 'ㅗ', 그다음엔 'ㅎ', 'ㅏ'…….

"알았다, 과학관?"

아이가 손뼉을 치며 좋아한다. 세상에서 가장 어려운 퀴즈를 맞혀 나 또한 기쁘다. 아이와 나는 이렇게 의사소통한다. 우리 집에서 아이의 말을 가장 잘 알아듣는 사람은 나다.

아마도 이런 이유로 아이가 날 좋아하나 보다.

엄마의 말, 말, 말

어젯밤에는 너무 피곤해서 학원에서 늦게 돌아온 막내에게 밥만 겨우 차려주고 잠들었다. 아침에 일어나 싱크대에 올라와 있는 그릇을 정리하고 쌀을 안쳤다. 남편 출근을 서둘러 도왔다. 귀가 예민한 큰아이가 깨면 그다음부터는 자유가 없기에 목소리를 낮추고 문도 가만히 닫고 출근하게 했다. 이제는 나만의 시간이라고 흐뭇해하며 거실 컴퓨터를 켜는데, 큰아이 방문이 우렁찬 소리와 함께 열리더니 사랑스러운 나의 방해자가 나온다. 오늘 아침은 글자 하나 못 써보고 이렇게 끝이구나 싶다.

"잘 잤니?"라고 물으며 화장실로 들어가는 아이 뒤통수에 대고 말을 던진다.

"오줌은 꼭 앉아서 누어야 돼. 변기 안에 화장지 넣지 말고."

아이가 나온 후 화장실에 들어가는 다음 사람이 불쾌하지 않도록 변기를 물로 닦고는 다시 서 있는 아이를 향한 잔소리는 이어진다. 치약은 조금만 짜라. 치약 뚜껑을 꼭 닫아라. 아이가 스스로 할 수 있는 건 혼자 하게 하는데, 오늘도 치약을 양쪽 입가에 잔뜩 묻혀서 거실로 나온다.

다시 화장실로 들어가 입을 닦아주고 거울을 쳐다보며 면도를 해준다. 수염이 금방 자라는 큰아이는 하루라도 면도를 하지 않으면 산적 두목으로 변한다. 셰이빙 크림을 발라서 산타 할아버지 수염을 만든 후에 "움직이지 말고 '얍' 하고 있어"라고 한 후 익숙한 솜씨로 면도를 해준다. 날카로운 칼날을 사용하는 면도만큼은 아이가 도저히 할 수 없다. 나에게도 초집중이 필요한 난도 높은 일이다. 내가 죽고 나면 면도를 누가 해주나 고민했는데, 제모하면 된다는 반가운 정보를 들었다. 조만간 제모를 위해 피부과에 가볼 생각이다.

이 닦기와 면도가 끝난 후 얼른 거실로 와서 만화를 보려는 아이에게 아직 해야 할 일이 남아 있음을 알린다. 배변이다. 비데로 대충 뒤처리가 끝난 후 엄마를 부르라고 한다. 아침 배변을 하지 않으면 혹시라도 다른 곳에서 민망하고 불편한 일이 생길까 봐 반드시 배변 후에 그날 활동을 하게 한다. 비데를 사용해도 마무리 청결은 엄마가 신경을 써야 한다.

머리를 감기고 비누 거품을 낸 타월로 온몸을 닦으며 물을 뿌려준다. "겨드랑이 벌려. 팔 올려. 앉아. 일어나. 앞으로. 뒤로 몸을 돌려." 이런 과정을 반복하며 샤워를 마치고, 수건을 건네준다. 다 닦았다고 해도 여전히 몸에서 물이 뚝뚝 떨어진다. 머리를 털고 몸의 구석구석 수건으로 닦아주고 옷을 고르게 한다.

옷을 주어도 스스로 입을 수 있는 건 팬티와 바지 정도다. 그것도 뒤집어 입지 않을 확률이 절반이다. 바지 입을 때 앞뒤를 보고 입으라고 20년 넘게 말하고 있는데, 지금까지도 제대로 입는 확률은 변함이 없다.

엉덩이에 머무른 바지를 마저 올려주고 상의를 입히고 식탁에 앉게 하면서 또 폭풍 잔소리가 이어진다. 포크에 찍히는 대로 김치고 뭐고 한번에 입에 쓸어 넣는 아이에게 "조금씩 집어라. 가깝게 앉아서 먹어라. 밥 흘리지 말아라"라며 끝없이 주의를 준다.

아이는 많은 흔적을 남기고 식탁에서 물러난다. 먹은 흔적을 치우고 입을 닦아주고 센터에 보내야 하는데, 겉옷은 어떤 걸 입혀서 보내야 하는지 겨울이 가까워질수록 고민이다.

"AI한테 오늘 날씨 좀 물어봐."

아이는 리모컨 버튼을 누르며 AI와 교신을 시작한다.

"오늘 날씨 어때?"

AI가 아이의 부정확한 말을 알아듣지 못했는지 반응이 없다. 아이가 간략하게 다시 묻는다.

"오늘 날씨?"

"네, 오늘 최고 기온은……."

"엄마, 오늘 10도래요."

애매하다. 적당한 두께의 점퍼를 입히고 나서도 지퍼를 잠가야 할지 주저하게 된다. 아이는 지퍼 열고 잠그기를 혼자 할 수 없다. 얼마 전에는 센터 선생님으로부터 위생에 신경을 써달라는 문자를 받고 찜찜했다. 아이의 위생에 신경을 써달라니! 엄마로서의 본업에 태만했다는 지적 같아서 얼굴이 화끈 달아올랐다. 무슨 내용인지 구체적으로 알려달라고 하니 상의에서 땀 냄새가 난다고 했다. 매일 씻고 옷을 바꾸어 입히는데 오전 운동 프로그램 후 옷을 갈아입지 않고 오후에 외부 활동에 그대로 나가서 땀 냄새를 풀풀 풍겼나 보다. (그 이후로는 갈아입을 상하의를 한 벌씩 센터 사물함에 놓아두었다.)

마지막으로 신발을 신고 나가기 편하게 신발 방향을 맞추어놓고 나면 오전 일과는 끝이다. 아이가 집을 빠져나가기 전에 한마디를 덧붙인다.

"엄마 집에 돌아오기 전까지 TV 말 잘 듣고 있어. 모르겠다고 하면 화내지 말고 리모컨으로 죄 없는 TV 때리지 마. 마음 넓은 네가 이해해라."

아이를 보내고 일하러 나서는 엄마는 쌀쌀해진 아침 공기에 팔과 어깨를 감싸면서 너무 얇게 입혀 보낸 걸 후회한다.

"하나님, 아이가 감기 안 걸리게 해주세요. 몰라요. 저는 이미 일하러 나왔어요."

집에 돌아온 나는 현관문을 열자마자 거실 TV의 환한 불이 보이면 일단 안도한다. 아이가 센터에서 잘 돌아온 거고 TV를 고장 내지 않았다는 거니까. 아이에게 엄마가 왔다고 알린 후 외출복 차림 그대로 화장실로 향한다. 아이가 남긴 흔적으로 어떤 날은 공중화장실 냄새가 진동할 때가 있다. 소변은 꼭 앉아서 누고 튀기지 말라고 그리 당부했는데 또 말을 안 들었다. 아이의 오물을 박박 지우고 나서야 옷을 갈아입는다.

엄마의 '~마라' 시리즈는 언제 끝날 수 있을까? 죽는 날까지 아이를 향한 잔소리는 멈추지 않을 것 같다. 앞으로는 '~마라' 금지어 말고 다정한 말을 추가해야겠다.

장애인의 날 행사장에서 보고 듣고 느낀 점

아이와 장애인의 날 행사장에 갔다. 행사장에는 아침부터 부슬부슬 비가 내렸다. 내빈들은 시간 내에 도착하지 않았고, 내빈석 이름표가 깔린 의자의 빗방울을 하염없이 닦고 있는 구청 직원들의 이마에는 비 오는 날씨임에도 땀방울이 흘렀다. 아직 도착하지 않은 내빈을 위한 일회용 우비는 포장 비닐에 담겨 의자 위에 얌전히 올려져 있는데, 장애인 행사에 참석한 장애인들은 떨어지는 빗방울을 그대로 맞으며 떨고 있는 게 눈에 거슬렸다.

잠시 후 행사가 시작되고, 단상의 내빈들에게서 '편견 없는 세상 만들기', '장애가 장애가 되지 않는 세상 만들자' 등의 구호가 쏟아졌다. 기관마다 준비한 장애 부스에서 시각장애인 체험도 했고 다양한 공작 활동도 했다. 제공된 점심 도시락을 먹고는 오후에는 화려한 옷차림의 트로트 가수 노래를 들었다.

행사장을 빠져나오면서 이런저런 생각이 들었다. 이 하루의 행사로 무엇이 달라지나? 장애인들에게 얼마나 많은 즐거움을 주었을까? 비장애인의 장애인 인식 전환에 얼마나 도움이 될까? 내빈으로 참여한 정치인들에게는 장애에 대한 인식 전환이 일어나고 정책을 생각하는 자리가 되었을까?

참여자 가운데 유아, 아동, 청소년은 거의 없고 대부분은 장애가 있는 중장년층이었는데, 그것도 기관 행사로 동원된 듯한 느낌이라 마음이 착잡했다.

우리는 장애인의 날에 경로잔치처럼 초청 가수의 노래에 일어나서 춤추기를 원하는 게 아니다. 내년에는 더 유명한 가수의 섭외를 바라며 양손에 선물 한가득 들고 오기를 원하는 게 아니다.

하루 반짝 장애인의 눈과 귀를 즐겁게 하는 행사가 아닌, 장애인을 비롯한 사회적 약자에 대한 부정적인 인식이 벗겨지는 자리였으면 좋겠다. 전보다 장애인에 대한 인식이 개선되었다지만 자신과 다르다는 이유로 차별하고 편견을 갖는 경우가 허다하다. 장애인과 비장애인이 함께 살아가는 괜찮은 일상이 되도록 정치인이나 공무원이 신경 써주었으면 좋겠다. 전체 인구의 5퍼센트인 장애인도 비장애인과 전혀 다르지 않은 욕구와 권리가 있다. 교육받을 권리, 행복할 권리, 자신의 노동 능력에 따라 노동할 권리.

또한 장애 아동에게 통합 교육이 제대로 이루어져야 한다. 장애 아동들과 비장애 아동들이 어릴 때부터 소통해야 어른이 되어서도 어울릴 수 있다. 거리나 직장에서도 장애인과 함께하는 일이 일상의 풍경이 되려면 학교라는 공간에서 어릴 때부터 함께 지내야 한다.

한편 청년 실업자가 많은 요즈음, 능력이 부족한 장애인에게 일자리를 주는 건 역차별이라고 얘기하는 걸 들은 적이 있다. 오른손을 사용할 수 없는 사람에게 글씨는 오른손으로만 써야 한다고 강요할 수 없다. 발음이 부정확한 사람에게 제대로 말하는 걸 배우라고 채근할 수 없다. 다리가 불편한 사람에게 같은 거리를 뛰게 하는 일은 부당하다.

그러니까 장애가 장애가 되지 않아야 선진국이다. 움직임이 불편한 사람에게는 이동이 보장되어야 하고, 의사 표현이 원활하지 않은 사람과도 소통이 되도록 방법을 찾아야 한다. 장애인도 비장애인과 함께 살아야 한다.

장애인의 날, 장애인들을 위한 잔치라고 했으나 해당 공무원 외에 비장애인은 참여하지 않아서 어쩐지 '장애도'라는 외딴섬에 와 있는 기분이었다.

누리기 어려운 복지 혜택

올봄 연휴 기간에 지인들과 2박 3일짜리 여행 일정을 잡았다. 한 달 전에 큰아이의 활동 지원사에게 얘기했더니, 그때 형제들과 지방에서 모임이 있다고 했다. 난감했다. 예상치 못한 일이었다. 아이가 어릴 때는 시어머니에게 부탁드렸는데, 두 해 전에 돌아가신 시어머니께 잠깐 하늘나라에서 내려와달라고 부탁하고 싶을 정도였다. 부부 모임이라 내가 가지 않으면 남편도 갈 수 없는 상황이라서 방법을 모색해야 했다.

장애가 있는 큰아이를 맡길 곳을 검색했다. 20여 곳이 넘는 단기보호센터 리스트를 보면서 집에서 가장 가까운 기관부터 하나하나 전화했다. 여러 군데 연락해보았으나 아이를 맡길 곳은 한 곳도 없었다. 이용자가 다 차서 자리가 없다는 곳도 있었고, 그 기간이 연휴라서 쉰다는 곳도 있었다. 발달장애인 단톡방과 장애인 부모 소그룹 모임방에 해결 방법을 묻자, 발달장애인 긴급 돌봄 서비스 제도를 알려주었다.

검색해보니 발달장애인 보호자 긴급 돌봄 서비스는 만 6세 이상 65세 미만 발달장애인의 보호자를 위한 정부 시책이었다. 먼저 돌봄 서비스를 받을 수 있는 사유란을 들여다보았다. 보호자의 입원. 치료, 출산, 경조사, 신체적 심리적 소진 등이 적혀 있었다. 지방에서 지인들과 모임이 있는 경우는 어디에 해당하는지 알 수 없었다. 발달장애인 긴급 돌봄 서비스 기관에 연락했다. 돌봄 서비스를 받는 사유를 묻길래 구차한 변명을 하고 싶지 않아 지방 모임에 간다고 했다.

놀러 간다는 이유로 긴급 돌봄 서비스를 받을 수는 없다고 했다. 관련 서류의 제출이 가능한 긴급 사유가 있어야 했다. 매일 장애아를 돌보는 엄마가 봄꽃 한번 보려고 고작 사흘간 집을 비우는 게 그렇게 부당한 일인지 따지고 싶었다. 행여 격앙된 목소리가 나올까 심호흡을 하고는 차분한 어조로 물었다.

"보호자의 심리적 소진에는 어떤 증빙 서류가 필요한가요?"

부모가 아이를 키우느라 심리적인 어려움이 있어서 휴식이 필요한 상태, 즉 우울이나 공황장애 같은 심리적 진단명이 나오면 가능하다고 했다. 정신과에서 서류를 꾸며 오는 일은 어렵지 않다. 일하고 오자마자 서너 시간씩 전화통을 붙들고 아이를 맡길 기관을 찾느라 밥도 먹지 못했다. 당장 정신과에 가서 자가 테스트 문항에 지금 상태를 체크하면 분명 우울이라는 진단명이 나올 것이다.

작년에 남편이 갑자기 수술하게 되어 예정된 환갑 여행을 가지 못했기에 지금에서야 바람 쐬러 친구들과 가는 거라고 하니, 질병으로 인한 서비스 신청이 아니라서 해당 사유가 되는지 좀 더 알아보고 연락을 주겠다고 했다. 내가 구걸하는 듯한 느낌이 들면서 기분이 썩 좋지 않았다.

장애 자녀를 키우는 엄마들이 우울증이나 수면장애나 공황장애로 우울증 약을 먹는 경우를 자주 보았다. 장애인의 엄마 아빠가 지인들과 가끔 놀러 다니는 게 사치인가?

결국, 멀리서 직장 생활 중인 동생에게 연락해서 나의 고충을 얘기했다. 동생이 조금도 망설임 없이 휴가를 신청해서 큰아이를 하루 봐주겠다고 했다. 남은 이틀은 두 동생이 번갈아 밥을 해결해주면 될 듯했다. 고 3인 막내에게는 피해를 주지 않으려 했는데, 고맙게도 막내가 학원에 가지 않는 날이라며 음식을 배달시켜 먹으면 되니 걱정하지 말라고 먼저 얘기해주었다. 둘째는 출퇴근 전후로 들여다보겠다고 했다. 그마저도 고맙고 다행이다. 이번에도 정부가 마련한 장애인 돌봄 제도 혜택은 누리지 못하고 가족끼리 해결했다.

두어 달 동안 우리 집 TV는 무사했다. 이번 기회에 큰아이를 믿어보련다. 집에 돌아왔을 때 큰아이가 TV를 보며 웃고 있었으면 좋겠다. TV와 아이 모두 안전하다는 거니까.

어찌 되든 나 없이도 지구는 돌아가고 일상은 굴러갈 것이다. 그리고 내가 없어도 아이의 일상이 제대로 굴러가야 하기에 이렇게 글을 쓴다. 장애 자녀를 버리고 도망가는 것도 아니고 엄마가 고작 3일간 남녘땅의 봄기운 좀 받고 오겠다는데, 미안한 마음은 갖지 않으련다. 너덜너덜 지친 마음을 충전하고 돌아와서 봄날 햇살 같은 따스함으로 아이를 더 잘 돌보면 되는 거다.

어울림

"그 있잖아, 장애인."

큰아이의 이름이 생각나지 않자, 누군가 한 말이다. 나 또한 누군가를 지칭할 때 장애 진단명으로 말한 적이 있다. 교회 송년 행사에서 율동을 잘하는 여학생이 있었다. 이름을 몰라서 다운증후군 여학생이 율동을 잘하더라고 얘기했다. 장애가 한 사람의 정체성이 된 거고 사람보다 장애가 먼저 보였나 보다. 장애인이라는 말이 틀린 건 아닌데 쓰임에 따라 불편한 말이 되었다.

치매도 마찬가지다. 어리석다는 한자의 뜻을 알고 나면 치매로 불리는 사람이나 부르는 사람이나 썩 기분 좋지는 않다. 그래서 일본에서는 인지증이라는 단어를 쓰기도 한다. 치매나 장애가 감기처럼 가볍게 말할 수 있는 사회가 되었으면 좋겠다. 물론 감기나 두

통처럼 장애는 일시적인 게 아니지만 아무렇지 않게 말하는 세상이 되면 어떨까?

내가 바라는 세상은 장애인과 비장애인을 구분하지 않고 함께 어울려서 하나가 되는 세상이다. 얼마 전에 장애인과 비장애인이 함께 하나의 목소리를 내는 합창 공연을 보고 왔다. 녹음된 음향으로만 노래를 들었다면 음악 요소인 박자, 음정, 가사 전달 등을 지적하며 흠이 많은 노래라고 판단했을 거다.

하지만 나는 '무대에 서기까지 얼마나 많은 시간을 연습했을까? 가르치는 선생님과 뒷바라지하는 부모는 얼마나 힘들었을까?' 하는 생각이 먼저 들었다. 화려하지 않지만 진지함이 가득 묻어나는 표정과 몸짓에 감동이 밀려와 목울대가 뜨뜻해졌다. 수려한 외모의 감미로운 목소리로 노래하는 가수보다 감동이었다. 입을 벌리거나 손동작을 할 때마다 순수함과 열정이 전해져서 코끝이 찡했고 눈물이 핑 돌았다. 누가 장애인이고 누가 비장애인인지 구분할 필요도 없었다. 이런 게 완벽한 조화 아닌가.

며칠 전, 우연히 미라클 보이스 앙상블이 '카네기홀을 덜컥 대관했다'는 기사를 봤다. 7~9명으로 구성된 국내 최초 성인 발달장애인 앙상블 연주단이다. 세종문화회관, 예술의전당에서 공연하고도 미국 카네기홀까지 날아간 그들에게 박수를 보낸다. 자신의 이름과 파트명을 새긴 티셔츠를 입기도 하고, 우아한 한복 차림으로 노래하는 공연 영상을 보면서 울컥했다. 장애인들도 전문인이 될 수 있는 오디션 프로그램이 활성화되면 좋겠고, 무대에 오를 수 있는 공연장이 많아지면 좋겠다.

무엇보다 장애인과 비장애인이 어울려 하나가 되는 무대가 많이 생겼으면 좋겠다. 어울림 극장에서 함께 노래하는 이들에게서 행복하고 건강한 웃음을 보았다. 돌아오는 길은 매서운 칼바람이 불어 옷깃을 여미었으나, 마음만은 봄날처럼 따뜻했다. 음악치료사인 나는 노래에서 희망을 보고 아름다움을 느꼈다.

가슴 철렁한 일

장애 자녀를 둔 엄마들과 이런저런 얘기를 나누다가 그들도 가슴 철렁 내려앉는 일들을 겪는다는 걸 알게 되었다. 뇌병변이 있는 내 아이는 구부러진 팔과 균형 잡히지 않은 걸음걸이로 누가 봐도 한눈에 장애인임을 알 수 있는 표식이 있으나, 말을 하지 않으면 일반인과 다를 바 없이 보이는 발달장애인 성인도 많다. 그들은 신체적인 기능에는 어려움이 없어서 거리를 자유롭게 활보하고 대중교통을 이용하지만 사회적 민감성은 떨어진다. 외모가 비장애인과 다르지 않은 성인 발달장애인이라 생각지도 못한 일로 오인을 받는 경우도 생긴다.

성인이 된 발달장애인이 젊은 여성에게 같은 질문을 계속해서 스토커로 고소당한 일도 있단다. 같은 말을 반복하는 건 발달장애인의 특성 중 하나다. 혼자 이동이 가능한 성인 발달장애인이 버스에 내리거나 오를 때 여성과 신체가 닿아서 성추행범으로 오해받은 적이 있었다는 얘기도 들었다. 안타까운 건 의사소통에 어려움이 있는 장애인이라 고의성이 없었다고 자기 변론을 할 수 없다는 사실이다.

이런 얘기를 들으면 마음이 급격히 쪼그라든다. 지하철에 자리가 나자마자 벌처럼 쫓아가 자리에 털썩 앉고, 앉자마자 옆에 사람이 여자인지 남자인지 아랑곳하지 않고 다리를 쩍 벌리는 내 아이가 오해받으면 어쩌나. 아이는 좋아하는 사람이면 남녀를 가리지 않고 왈칵 목을 잡아당기는 행동을 하는데 이런 행동이 성추행으로 오인되면 어쩌나. 생각만으로도 아찔하다.

범법행위는 비장애인이나 장애인이나 동등하게 처벌되는 것이 옳다. 장애인이라고 무조건 옹호의 대상이 되어야 한다는 것도 아니다. 그러나 비장애인의 장애인에 대한 이해와 인식 부족으로 장애인이 억울하고 서러운 일을 당하는 경우도 적지 않다는 사실이다.

얼마 전, 발달장애인 초등학생이 여학생 앞에서 바지를 내린 일로 한동안 시끄러웠다. 하지만 소변이 마려웠거나 가려워서일 수도 있지 않을까? 여학생에게 보이려 한 게 아니라 우연히 바지를 내린 걸 여학생이 본 것일 수도 있다. 행동의 원인을 보려 하지 않고 결과로만 옳고 그름을 논하다 보니 갑론을박의 안타까운 사건이 되었다.

자기표현에 어려움이 있는 큰아이가 사회적 민감성이 떨어지는 행위로 죄를 뒤집어쓰지는 않을까 싶어 마음이 착잡하다. 어릴 때는 문제가 되지 않던 일이 성인이 되니 오만가지 걱정으로 둔갑한다. 그래서 센터의 여자 선생님이나 여자인 친구는 절대 만지지 말라고 가르친다. 엄마도 여자니까 몸을 만지면 안 된다고 누누이 일러둔다. 큰아이는 이해가 어려울 수도 있다.

"그럼 엄마 목도 만지면 안 돼?"

어릴 때부터 말랑말랑한 엄마 목을 만지기를 좋아하는 아이에게 야멸차게 말한다.

"절대 만지지 마."

성교육이 참 어렵다.

미안해.
세 살이 아니라 서른 살 맞아

"너는 세 살이 아니라 서른 살이라고!"

엄마는 네가 무언가 고장을 낼 때마다 양념처럼 빠뜨리지 않고 이 말을 했어. 너를 존중하지 않는, 비하하는 말인 줄 알면서도 부글대던 화가 끓어 목구멍까지 차올라오면 봇물 터지듯 이 말을 쏟아내고야 말았어. 아이를 셋이나 키워봤으니 세 살이 어떤 행동을 하는지 잘 알면서도 말이야.

세 살은 물불을 가리지 않아서 뭐든지 입으로 가져가고 높은 곳에 올라가며 끊임없이 저지레를 하는 나이지. 세 살 아이를 혼자 놔두고는 잠시도 밖에 나갈 수 없고, 지금처럼 바닥에 약봉지를 그냥 놓고 나갈 수도 없단다. 엄마 없이 혼자 TV를 볼 수 있고, 식탁 위에 올려진 과일이나 빵을 먹을 수 있는 너를 세 살 아기 취급한 건

순전히 엄마의 잘못이야. 사과할게.

생각해보니 엄마는 입만 열면 사랑한다고 하면서도 사랑하는 법을 실천하지 않았더라. 사랑한다는 건 상대가 원하는 걸 해주는 거보다 원하지 않는 말과 행동을 하지 않는 건데.

전날 먹은 음식은 절대 두 번 다시 먹지 않는 동생과 아빠 때문에 잔반 처리는 늘 너와 나의 몫이었어. 아무거나 가리지 않고 먹는 너의 식성을 다행으로 여기며 아빠와 동생과는 다르게 대충 반찬 없는 밥을 준 것도 정말 미안해.

치료실에서 만나는 아이들에게는 다정하게 대하면서 너에게는 인정사정없는 악질 취조 형사로 빙의한 적이 많았지? 뻔히 알면서 이거 누가 그랬냐고 다그치면 너는 코너로 몰린 고양이 앞의 쥐처럼 내 눈을 피해 딴 방으로 옮겨 갔지. 끝까지 쫓아가 협박과 문초 후에 내가 얻은 것은 너의 거짓말뿐이었어. 거짓말을 강요하는 나는 못된 엄마였어.

"오늘 비 온대. 내일은 영하래" 하며 엄마에게 말할 때마다 엄마 바쁘니까 그만 좀 말하라고 짜증 낸 것도 미안해. TV의 날씨 정보를 알려주는 건 밖에 나갈 때 따뜻하게 옷 입고 감기 걸리지 말라는 말로 알아들을게. 계속 2분마다 시간을 알려주는 것도 엄마가 운동교실 늦지 않게 다녀오라는 말로 받아들일게. 서른 살 아들이 알려주는 정보를 잘 알아들어서 건강하게 오래 살아야겠어.

궁금한 게 많아서 TV 설정도 바꾸어보고 리모컨 조작도 요리조리 해보는 거 알아. 그러다가 고장도 내는 거잖아. 어쩌겠니. 너는 지금 궁금한 것을 알아가야 하는 성장기를 다른 아이들보다 조금 늦게 거치고 있다고 생각해야지.

앞으로는 서른 살의 청년으로 존중하며 미안할 일은 만들지 않을래. 약속할게.

내 숨이 다하는 날까지

남편과 지방으로 2박 3일간 부부 모임 일정이 생겼다. 집을 비울 때 여러 가지 문제가 생기는 걸 잘 아는지라 마음을 단단히 먹었다. 큰 사고라 해봤자 TV가 고장 나는 정도일 테니 마음 편히 다녀오려 했다. 집 걱정은 마음속 서랍에 넣고 집에 돌아와서 열어볼 생각이었다.

집을 떠나 모처럼 지인들과 이런저런 얘기를 나누며 유쾌한 시간을 가졌다. 자연이 펼쳐진 곳에서 하늘을 자유롭게 나는 새처럼 몸이 가벼웠다. 꿈같은 첫날이 지나고 둘째 날 문제가 터졌다. 막내아들이 큰아이가 늘 보던 TV의 셋톱박스를 탕탕 두드리고는 제 방의 TV를 보러 들어갔다고 했다. 수상했다. 불길한 예감은 언제나 기분 나쁘게도 적중한다. 셋톱박스가 망가졌고, 방에서 보던 TV 액정이 손상된 걸 확인한 건 그로부터 10여 분이 채 지나지 않았다.

TV 두 대가 몇 분 만에 망가진 거다. 이른 아침에 막내아들과 통화로 TV 상태를 확인하고 나니 입맛이 사라졌다.

나에게 가장 어려운 일은 감정을 포장하는 일이다. 내 딴에는 아무리 그럴싸하게 포장해도 금방 들통난다. 부스스한 차림으로 아침 식사 시간에 나갔다. 어제까지 해님처럼 밝고 참새처럼 종알거리던 사람이 흙빛이 되어 나타났으니 남들이 대번 알아봤다.

"무슨 일 있어요?"

살다 보면 막막하고 어려운 순간이 많다. 삶을 가로막는 크고 작은 어려움 때문에 발목이 잡히고 머리는 터질 지경이다. 좋은 결정을 내리자. 내가 가는 길목마다 불행이 덮치려고 삐죽이 고개를 내밀더라도 눈을 마주치지 않겠다. 행복은 상황이나 조건과는 상관없는 마음의 상태이니.

여행에서 돌아와 아이들을 차례로 안아주었다. 지은 죄가 있는 지라 눈을 마주치지 못하고 눈만 끔벅이는 큰아이에게 괜찮다고 말해주었다. 수능 준비만으로도 힘든 시기인데 공부도 못 하고 형을 돌보느라 문턱이 닳도록 거실과 방을 분주하게 다닌 막내에게도 애썼다며 토닥여주었다.

이미 일어난 일은 어쩔 수 없고 앞으로 무엇을 어떻게 할지 고민했다. 이미 깨진 TV가 보란 듯이 한쪽 벽을 가리고 있는데 당장 TV

를 사주는 건 답이 아니라 생각했다. 막내는 형이 TV에 집착하지 말고 만화책이나 그림책을 보면 좋겠다고 했다. 형이 책에 취미를 들이지 못한 건 엄마 잘못이 크다며 말끝을 흐렸다.

베란다 구석에 먼지를 먹고 있는 건반을 들여 왔다. 음악치료 공부할 때 연습용으로 샀으니 25년도 넘은 물건인데 아직 소리는 난다. 엄마의 요구에 마지못해 〈젓가락행진곡〉과 〈비행기〉 멜로디를 한 번씩 치더니 슬며시 밀어놓는다. 아이의 관심을 끌 만큼 매력적이지 않은 거다.

두 번째 카드로 노트북을 열어주고 자판을 두드리게 해보았다. 예상대로 아이의 소근육 기능으로는 무리였다. 못하는 걸 확인하여 화만 돋우게 생겨서 그것도 대안이 아니다 싶었다. 마침내 오랫동안 사용하다가 아이가 망가뜨린 흉물스러운 모양의 라디오를 꺼냈다. 버튼이 다 빠지고 모서리가 부서졌으나 라디오 주파수를 맞추니 방송이 나왔다. 아이의 얼굴이 밝아진다. 엉성한 라디오로 얼마간 버틸지는 모르겠으나, 임시방편으로 TV의 빈자리는 메꿀 수 있을 거 같다.

라디오에서 가수 알리의 노래가 흐른다. 가사 듣다가 눈물이 왈칵 났다.

> 내 숨이 다하는 날까지 사랑하다 죽으렵니다.
>
> -알리, 〈서약〉

죽고 나서도 영혼이나마 다가가 도와주고 싶은 내 아이. 지금의 내 마음처럼 노래 가사가 뼛속까지 파고든다. 예쁘고 귀여운 존재를 사랑하는 일은 쉽다. 진심이 드러나는 때는 문제를 만들고 나를 성가시게 만들 때다.

좋은 엄마는 아이에게 문제가 있더라도 이해하고 덮어주고 괜찮은 사람으로 대한다. 보란 듯이 희망이 엎어지고 좌절에 침몰하는 날이 오더라도 내 아이를 사랑하다 죽으련다.

당신에게 남은 딱 하루의 시간을 어떻게 보낼 것인가?

평소대로 이른 아침에 눈을 떴다.

순간 직감적으로 알아차렸다. 오늘이 지나면 난 물과 바람과 흙으로 돌아간다는 걸.

남편과 큰아이가 잠든 고요한 이 시간, 특별한 하루를 보내고 싶은 내 머릿속은 분주하다.

FM 라디오 방송의 음악을 듣는 중에 잠에서 깬 큰아이가 나오더니 화장실에 들어간다.

"꼭 앉아서 오줌 누어야 돼. 다른 데 튀지 않게 하고."

마지막 가는 날까지 큰아이에게 잔소리를 하고 말았네!

큰아이가 다녀간 화장실의 흔적을 지우고, 30년간 즐긴 줌바 댄스를 하러 간다. 그대들과 추는 마지막 춤이라고 굳이 말하지 않았다. 사정이 생겨 내일부터 못 나온다고 하니, "어디 좋은 곳에 여행 가시나 봐요?" 한다. 빙긋 웃는 것으로 대답을 대신한다.

맞다. 하늘나라로 먼 여행을 떠난다.

집에 돌아와서 독립한 아들들에게 전화한다. 오늘은 반차를 내고 엄마와 시간을 보내자고. 학교 다녀온 손주들도 영어학원을 하루쯤 빠지고 나랑 같이 놀자고.

아이들이 올 동안 머리를 매만지고 옅은 화장을 하느라 내 손은 바쁘게 움직인다. 해피엔드로 마무리할 인생인데 떠날 때까지 예뻐 보이고 싶다.

이제 집을 말끔히 청소하고 내 잡동사니를 정리해본다. 수년 전부터 쓸 만한 물건은 미리 필요한 사람들에게 나누어주고 미니멀라이프로 살아서 얼마나 다행인지 모르겠다. 남은 물건이라곤 아이들에게 줄 50꼭지의 글밖에 없다.

일찌감치 100일 동안 글쓰기를 하면서 유언장을 썼다. 50꼭지의 글을 두고 갈 테니 내 제삿날에는 음식 만들지 말고 모여서 내 글을 하나씩 읽으며 나를 추억해달라고. 죽은 이를 50년이나 그리워해달라니, 참으로 욕심 많은 엄마다. 한편 내가 죽고 나서도 내 자식들은 50년 동안 살아달라는 주문이기도 하다.

드디어 기다리던 아이들이 차례로 들어온다. 내가 이 땅에 태어나 행한 수많은 일 중에서 가장 값지고 생산적인 일이 생명을 잉태

하고 키운 거다.

어릴 때 내 모습을 쏙 빼닮은 손녀가 할머니를 부르며 쪼르르 달려와 안긴다. 보드랍고 따뜻한 생명을 온몸으로 느끼며 옆에 있는 내 아이들을 오랫동안 눈에 담아본다.

집 앞 공원에 함께 나가 꽃구름이 몽실몽실 피어오른 하늘 아래 따사로운 햇살과 바람을 맞으며 투명하게 웃는 아이들을 바라본다. 세상의 아름다운 것들은 언제나 요란하지 않은 모습으로 내 곁에 머물러 있다는 게 문득 감사해서 눈물이 난다.

이윽고 오늘은 내가 근사한 저녁을 사겠다며 지난주에 예약한 음식점으로 향한다. 가족들과 최후의 만찬을 끝내고 집으로 돌아온 후 얘기하련다.

두세 시간 후에 엄마는 자연으로 돌아간다. 사는 동안 억울함과 분노를 단짝처럼 업고 살던 때도 있었지만 지금은 하나도 생각나지 않고 너희와 함께 있다는 게 마냥 행복해. 세 아이의 엄마로, 일하는 여성으로 살았던 내 인생은 결코 시시하지 않았어. 죽음으로 가는 열차를 탈 시간이 얼마 남지 않고 보니 모든 게 다 감사뿐이구나. 살림에는 영 젬병인 나와 등 돌리지 않고 평생을 살아준 묵은지 같은 남편, 고마워요. 지난주에 금혼식을 하고 마지막 가는 길까지 남편의 배웅을 받다니, 이런 복 많은 여자는 흔치 않을 겁니다.

나를 닮은 아이들아. 내가 키운 것보다도 잘 자라주어 고맙다. 내

유전자를 셋이나 남기고 가니 뿌듯하구나.

돌아보니 음악치료는 나와 잘 맞는 일이었어. 마음이 아프고 시린 사람들에게 따뜻한 희망을 주려고 노력했으니 사람을 살리는 일이었다고 감히 자랑하고 싶다.

엄마는 하고 싶은 일은 다 해봤으니 후회도 미련도 없어. 세종대왕처럼 위대한 업적을 남기지는 못했지만, 세종대왕도 죽을 때 나만큼 행복하지는 않았을 거야.

이 세상을 사는 동안 충분히 사랑을 주었고, 갑절의 사랑을 받았단다. 그러니 너무 슬퍼하지는 말아라. 너희가 나를 그리워한다면 난 없어지는 게 아니란다. 나를 추억하는 자리가 있다면 언제든지 하늘나라에서 잠깐 허락받고 내려와 너희들의 얘기를 듣다가 가마.

엄마 얘기하면서 마음이 훈훈해진다면 엄마가 온 줄 알아라.

마지막으로 엄마의 흉은 사양한다.

에필로그

글을 쓰고 나니 아이의 흉을 본 것 같아 미안한 마음이 든다. 좋은 얘기 많이 써주겠다고 약속해놓고는 엄마의 입장에서 쓰다 보니 아이에게는 억울한 글도 있겠다. 할 수 없지, 뭐!

아이와의 일상을 다룬 글을 쓰면서 아이를 더 많이 이해하게 되었다. 그 덕분에 아이와는 더욱 다정하게 지낼 수 있을 것 같다. 조금씩 제대로 된 엄마로 거듭나는 느낌이다.

사실 글쓰기가 쉽지는 않았다. 나만의 공간도, 혼자 글을 쓸 수 있는 자유 시간도 없어서 확성기처럼 시끄러운 TV 앞, 아이 옆에서 글을 썼다. 노안 탓에 간밤에 쓴 글을 아침에 보면 오자투성이라 글 쓰는 시간보다 수정하는 시간이 더 길었다. 노안이 더 진행되기 전에, 아직 체력이 있을 때 책을 써서 다행이고 행복하다.

앞으로도 상황이 달라질 리는 없다. 여전히 우리 집 화장실 변기는 자주 막힐 거고, 아이의 손이 닿은 물건들은 잦은 고장을 일으키리라. 살면서 예기치 못했던 일이 툭 튀어나올 수도 있겠다. 그러나 한숨 쉬기보다는 무엇을 해야 하는지 해결 방법을 찾으리라.

30년 동안 장애 아이와 산 경험으로 앞으로의 30년은 좀 더 수월하지 않을까? 있어서는 안 되는 일, 있을 수 없는 일이 아니라, 살면서 누구에게나 생길 수 있는 일이라고 유연하게 생각하고 대처하면 될 일이다.

장애가 불편한 건 사실이지만 불행한 건 아니라는 걸 알리려고 글을 쓰기 시작했는데, 글을 쓰면서 소소한 행복 또한 많다는 걸 깨달았다. 나른한 일상에 행복이나 감사가 따라오기는 힘들다. 애태우던 문제가 해결될 때 슬픔이 변하여 행복이 된다.

이 책이 아이의 장애를 판정받고 막막한 엄마에게는 구체적인 정보를 주고, 나와 다른 성향의 아이를 키우기가 힘들다는 엄마에게는 희망이 되고, 장애인에 대해 잘 모르는 이들에게는 인식의 전환이 되길 바란다.

엄마라면 공감할 것이다. 아이 키우기는 쉬운 일이 아니다. 미래를 만드는 일이다. 아이와 나는 점점 발전하고 있고 비장애인들의 장애에 대한 인식도 점점 나아지고 있다. 지금보다 더 나은 세상이 되어 먼 훗날 큰아이를 두고도 마음 편하게 하늘나라로 떠날 수 있다면 이보다 더 근사한 일은 없으리라.